Ulrich Conrad – Karl Rodenberg

Begrenzt beglückt -

und grenzenlos genervt

grenzübergreifende Erzählungen
und Erinnerungen

In eigener Sache:

Wir bedanken uns für den Kauf dieses Buches.

Sollte es gefallen, würden wir uns über entsprechende Rezensionen, Empfehlungen und Bewertungen an jeder denkbaren Stelle, z. B. auf Buchblogs, auf sozialen Netzwerken oder im Bekanntenkreis sehr freuen, zumal wir selbst wenig Möglichkeiten zur Werbung haben.

Ulrich Conrad

Karl Rodenberg

Bibliografische Information der Deutschen Nationalbibliothek: Die Deutsche Nationalbibliothek verzeichnet diese Publikation in der Deutschen Nationalbibliografie; detaillierte bibliografische Daten sind im Internet unter http://dnb.dnb.de abrufbar.

Lektorat: Thomas Günther

Titel und Covergestaltung: Karl Rodenberg

Herstellung und Verlag:
BoD – Books on Demand, Norderstedt

ISBN: 978-3-756206-08-7

Inhalt

Vorwort

Am 3. Juni 1972, vor nunmehr 50 Jahren, trat das Transitabkommen zwischen der Bundesrepublik Deutschland und der Deutschen Demokratischen Republik (DDR) in Kraft. Erhebliche Reiseerleichterungen auf den Wegen zwischen West-Berlin und dem damaligen Bundesgebiet (West-Deutschland) waren die Folge.

Dem gingen allerhand Erschwernisse voraus, denen Reisende unterlagen. Nicht erst seit dem Mauerbau am 13. August 1961 wurde der freie Verkehr unterbunden, sondern bereits 1952 wurde es West-Berlinern untersagt, in die DDR zu reisen, die damals, zumindest im Westen von vielen, „Ostzone" genannt wurde.

So fuhr die Berliner S-Bahn zwar noch unverändert über die Stadtgrenzen, aber vor den Eingängen zu den Stationen stellte man Warnschilder auf. Reisende wurden darauf hingewiesen, dass bei Weiterfahrt über den letzten Bahnhof in Berlin hinaus Verhaftungen drohten und dass man andere Mitreisende warnen sollte. In den Ostteil der Stadt durfte man zwar noch, aber nicht ins Umland.

DDR-Bürger konnten jedoch weiterhin in den Westen reisen. Viele blieben gleich dort. Nachdem die innerdeutsche Grenze ab den fünfziger Jahren immer dichter wurde, blieb nur Berlin als bequeme Fluchtmöglichkeit. Man konnte mit U- und S-Bahn aus Ost-Berlin nach West-Berlin fahren und sich dann im Notaufnahmelager Marienfelde als Flüchtling melden. 1960 taten das über 200.000 Menschen.

Auch zu Beginn des Jahres 1961 hielt der Zustrom unablässig an. Erst durch den Mauerbau in der Nacht zum 13. August wurden die Berliner rigoros voneinander getrennt. Niemand wusste, wie lange diese Trennung anhalten würde oder wann man die Eltern, Großeltern, die eigenen Kinder oder andere Verwandte wiedersehen könnte bzw. ob es überhaupt jemals wieder möglich würde.

Erste Passierscheinstellen wurden zwar noch am Tag des Mauerbaus auf West-Berliner S-Bahnhöfen eingerichtet, um Bewohnern des Westteils den Besuch im Ostteil der Stadt zu ermöglichen, doch wurden sie bereits am 26. August vom Berliner Polizeipräsidenten, also von West-Berliner Seite, verboten. Man fürchtete, dass die Duldung dieser Einrichtungen eine De-facto-Anerkennung der Maßnahmen vom 13. August und damit letzten Endes eine Anerkennung der DDR bedeuten würde. So ist es verständlich, dass immer wieder Menschen an der Mauer standen, hinüberschauten und weinend einander zuwinkten.

Erst am 25. Dezember 1963 erklärte sich der stellvertretende Ministerpräsident der DDR, Alexander Abusch, in einem Schreiben

8

an den Regierenden Bürgermeister Willy Brandt dazu bereit, wieder Passierscheine auszugeben. In Folge dessen durften, vom 19. Dezember 1963 bis zum 5. Januar 1964, nach gut 28 Monaten, wieder West-Berliner Bürger ihre Verwandten im Ostteil der Stadt besuchen. Davon machten etwa 700.000 Menschen Gebrauch. Dieses erste Passierscheinabkommen war als besondere Aktion angelegt. Niemand wusste, ob es sich wiederholen würde, wodurch es zu entsprechend bewegenden Abschiedsszenen kam.

Bis Pfingsten 1966 gab es dann doch drei weitere Passierscheinabkommen, die Besuche zu sieben besonderen Terminen, wie Weihnachten, Ostern und Pfingsten, ermöglichten; dann war erst einmal Schluss.

Ein fünftes Passierscheinabkommen scheiterte im Sommer 1966 an der fehlenden Bereitschaft des Ostens, im Abkommen zu erklären, dass keine Einigung über Orts-, Behörden- und Amtsbezeichnungen erzielt werden konnte. Die DDR forderte formelle Verhandlungen mit dem Senat, was aber für diesen nicht in Frage kam, da er keinesfalls riskieren wollte, dadurch die DDR als Staat anzuerkennen.

Ab Oktober 1966 war es dann West-Berlinern möglich, in Folge von Entscheidungen einer speziellen Härtestelle in seltenen dringenden Familienangelegenheiten nach Ost-Berlin zu fahren, doch wer keinen „guten

Grund" nachweisen konnte, für den blieben bis 1972 Aufenthalte in der DDR unmöglich.

Erst mit der Unterzeichnung des Schlussprotokolls des Viermächteabkommens am 3. Juni 1972 wurden Besuche im Ostteil der Stadt und in ganz Ost-Deutschland für West-Berliner jederzeit möglich. Die DDR richtete fünf „Büros für Besuchs- und Reiseangelegenheiten" ein, in denen man bei Vorlage des sogenannten „behelfsmäßigen Berliner Personalausweises" einen „Berechtigungsschein zum Empfang eines Visums" beantragen konnte. Erforderlich war die Nennung eines Reisezwecks: Verwandten-, Bekanntenbesuch oder aus touristischen Gründen.

Zwei bis drei Tage später erhielt man an der jeweiligen Passierscheinstelle den beantragten Schein, mit dem man am festgelegten Termin zur Grenze fuhr, wo gegen Vorlage das Visum ausgestellt wurde.

Hatte man einen Mehrfachberechtigungsschein beantragt, war es möglich, mit einem einmaligen Besuch in der Passierscheinstelle eine Reiseerlaubnis zu bekommen. Prinzipiell durfte man an 30 Tagen im Jahr in die DDR einreisen. Bis Mitternacht musste man wieder an der Grenze sein, ab Juli 1982 bis spätestens zwei Uhr nachts.

Aufenthalte über mehrere Tage waren nur Touristen möglich, Privatbesuchern nur mit Einladung und besonderen Visa.

Bei der Einreise war an der Grenze ein Mindestumtausch Pflicht, bei dem Westgeld zum Kurs von 1:1 in Mark der DDR gewechselt wurde. Die pro Tag zu zahlenden Beträge variierten im Laufe der Zeit von 3,- DM (1964) bis 25,- DM in den achtziger Jahren, wobei Kinder und Rentner zeitweilig davon befreit waren oder Rabatte erhielten. Außerdem musste eine „Erklärung über mitgeführte Gegenstände und Zahlungsmittel" ausgefüllt werden. Die Korrektheit der Angaben wurde oft sehr genau überprüft.

Bei der Ausreise, die immer am selben Grenzübergang wie die Einreise zu geschehen hatte, wurden Reisende mindestens genauso gewissenhaft kontrolliert. War man im Auto unterwegs, wurde immer im Kofferraum und unter dem Rücksitz nachgesehen, ob man womöglich eine Person in den Westen schmuggeln wollte. Außerdem wurde mit einem Spiegel unter das Fahrzeug geschaut und oft mit einem Draht im Tank herumgestochert. Ob auch unter die Motorhaube, ins Handschuhfach, unter die Sitze oder sonst wo hingeschaut wurde, schien von Lust und Laune der Grenzpolizisten abzuhängen.

Im Transitverkehr zwischen West-Berlin und West-Deutschland war es zunächst ähnlich. Mit langwierigen Kontrollen und endlosen Wartezeiten musste gerechnet werden. Gelegentlich blieben die Schlagbäume stundenlang geschlossen, was zu kilometerlangen Staus führte. In Berlin-Wannsee war das der Grund für die Anlage des Stauraums, eines riesigen Parkplatzes zur Aufnahme der Fahrzeuge der Reisewilligen, damit der Stau nicht den innerstädtischen Verkehr blockierte.

Das änderte sich mit dem Transitabkommen, das 1972 in Kraft trat. Von nun an war der Reiseverkehr genau geregelt.

Es waren festgelegte Transitrouten zu beachten. Ein Verlassen dieser Routen, etwa für Ausflüge, war streng verboten, auch ein Umkehren war nicht zulässig. Wer im Transit in die DDR hinein fuhr, durfte sie nur am vorbestimmten anderen Ende der Strecke verlassen.

Es durften auch keine Kontakte zu DDR-Bürgern aufgenommen werden. Die Transitrouten sollten ohne Aufenthalt durchfahren werden, einzig Pausen an Rastanlagen oder zum Tanken waren zulässig. Dabei musste aber mit DM-West bezahlt werden, da man Ostgeld nicht aus der DDR ausführen und folglich im Westen gar nicht hätte besitzen dürfen.

Hatte man eine Autopanne und konnte den Schaden nicht auf der Transitstrecke beheben, musste das Fahrzeug von einem Abschleppdienst zur Grenze und von einem bestimmten westlichen Unternehmen durch die Kontrollen geschleppt werden. Im Westen konnte dann die Hilfe eines dritten Abschleppunternehmens nötig werden, was natürlich entsprechende Rechnungen zur Folge hatte.

Auch Mitreisende durften in solchen Fällen nicht in andere Fahrzeuge umsteigen. Es musste jeder mit dem Fahrzeug, mit dem er in die DDR hineingefahren war, diese auch wieder verlassen.

An der Grenze musste man Ausweise und Fahrzeugschein abgeben. Diese Dokumente wurden kontrolliert und über ein Fließband zu einer weiter vorn liegenden Kontrollstelle transportiert, wo man sie zusammen mit einem Visum wieder in Empfang nahm. Am anderen Ende der Transitstrecke zeigte man die Papiere erneut vor und gab das Visum wieder ab. Gepäckkontrollen waren nur noch in Verdachtsfällen vorgesehen.

Anhand der auf dem Visum eingetragenen Uhrzeit konnte allerdings festgestellt werden, wie lange man sich in der DDR aufgehalten hatte. Dadurch entstand dann manch ein Verdachtsmoment, wenn man zu lange unterwegs war.

Im Normalfall lief alles reibungslos, so dass man bei Beachtung der geltenden Vorschriften in der DDR kaum etwas zu befürchten hatte.

Trotz all der Regelungen funktionierte nicht immer alles, wie vorgesehen. Gelegentlich kam es zu ungewöhnlichen oder skurrilen Situationen, an die man sich mehr oder weniger gewöhnt hatte, die aus heutiger Sicht aber umso bemerkenswerter erscheinen.

Über dreißig Jahre nach dem Fall der Mauer ist eine Generation herangewachsen, die sich die DDR, ihre Grenzen, ihre Kontrollen und die Überwachung nur noch schwer vorstellen kann. Umso wichtiger erschien es den Autoren, die eigenen Erinnerungen, und die aus ihrem Umfeld, für die Nachwelt zu erhalten.

Für die Generation, die vor dem Bau der Mauer aufwuchs, war die Teilung eine extreme Zäsur, an die man sich im günstigsten Fall erst allmählich gewöhnen konnte. Für diejenigen, die erst nach dem Mauerbau geboren wurden, war sie dagegen völlig normal. Einem Kind, das keine andersartigen Grenzen kannte, musste sie als Selbstverständlichkeit erscheinen. Grenzkontrollen waren dann etwas Normales, wenn man die Stadt mal verließ, sei es für Besuche bei Verwandten in der DDR oder auf Reisen, zu denen man immer die DDR durchqueren musste, wenn man nicht geflogen war.

Ostwestwege

Es ging immer hin und her: vous sortez du secteur américain – you're leaving the russian sector. Doch was interessierte mich die Aufschrift auf dem großen weißen Schild hoch über unseren Kinderköpfen! Weder englisch noch französisch verstand ich in meinen ersten neun Lebensjahren. Und die kyrillischen Buchstaben erst recht nicht; doch wirkten sie wie eine Geheimschrift auf mich.

Überhaupt war es geheimnisvoll, eine Grenze zu passieren, die ich in den fünfziger Jahren nicht sah, jedoch spürte. Außer dem gewohnten Schild standen dort, wo die schnurgerade Adalbertstraße vom gekurvten Bethaniendamm durchschnitten wurde, zwei Volkspolizisten. Sie markierten in mobiler Form die innere Stadtgrenze, die noch unsichtbare Trennlinie zwischen Ost und West. Wir bewunderten ihre silbrigen Epauletten und vermutlich auch ihre schnittigen Schirmmützen.
Zwischen dem Bethaniendamm und dem parallel verlaufenden Engeldamm gab es in den fünfziger Jahren noch einen Park. Ein breiter Sandweg verlief in einer mit Bänken bestandenen Senke, der gekurvten Doppelstraße folgend. Hinter den Bänken gab es, den schmalen, langen Park zu beiden Seiten

begrenzend, einen etwa fünf Meter breiten Streifen aus dichtem Buschwerk. Darin versteckten wir uns voreinander oder richteten uns unsere grünen Höhlen ein. Da die Vopos Grenzbereich und Grenzverkehr zu kontrollieren hatten, schauten sie zuweilen auch nach uns. Suchten uns im dunklen Gebüsch auf. Mit Uniform. Mit umgehängter Knarre. Mit erhoben scharfer Stimme: „Raus da!" – und wir flitzten. Hopsten lachend den kurzen Transitweg durch ein geheimnisvolles Dazwischen ins rettende Kreuzberg.

Auch mein Bruder hatte ein eindringliches Sommererlebnis. Er erwischte eine im Sand sich sonnende Biene mit nacktem Fuß. Und so geschah es, dass auch sie ihn erwischte. Der bestochene Zeh schwoll mächtig an und verfärbte sich rasch in sowjetisches Rot. Nach Hause hinkend präsentierte mein Bruder unserer Mutter den auf sozialistischem Boden beschädigten Zeh. Umgehend war sie um Vereisung bemüht. Der Kalte Krieg war längst im Gange.

Nur fünf oder sechs Minuten brauchten wir Kinder bis zum Engelbecken, in den fünfziger Jahren noch mit Wasser gefüllt und von Goldfischen bewohnt. Trotz manch einer Ruine in seiner Umgebung, trotz vieler kriegsbeschädigter Häuser war dieser Ort damals noch ein Idyll. Über dem tieferliegenden Bassin und nur hundert Meter von ihm entfernt erhob sich die

Michaelskirche mit ihrer schlanken Kuppel. Auch ihr raubte der Krieg ein beträchtliches Stück des Gemäuers; das Mittelschiff fehlte ihr – und fehlt bis heute. Sie war von gewaltigen Kastanienbäumen umstanden, die prächtige Früchte abwarfen. Und wir waren fleißig am Sammeln. Einige lagen im Gras mit gespaltenem Panzer – wie bald unsere ganze Stadt. Wir brauchten die Schönmarmorierten zum Basteln, zu Hause und in der Grundschule. Und auch brauchten wir sie als Wurfgeschosse, bewarfen uns, bevor Anfang der sechziger Jahre in diesem Grenzareal der eine oder andere scharfe Schuss die Anwohner erschreckte.

Im Winter fror das Engelbecken meist zu; manchmal so, dass wir auf dem Eis schlittern konnten. Oft war die Eisschicht gefährlich dünn, so dass wir die Goldfische schemenhaft sich ihre Wasserwege entlangschlängeln sahen.

Mein bienengeschundener Bruder hatte auch hier sein besonderes Erlebnis. Eine Frau schob einen Kinderwagen nicht nur den Uferweg entlang, sondern auch meinem Bruder in die Kniekehlen, so dass er die Balance verlor und ins winterliche Engelbecken stürzte. Er durchbrach das dünne Eis und stand sodann im eisigen Wasser, das ihm immerhin bis über die Knie reichte. Wieder schien der Kalte Krieg ein Zeichen zu setzen. Bevor ein Vopo eingreifen konnte, zogen ihn zwei Freunde aus dem Wasser. Ein rasend-bibbernder Gang trieb ihn ins Kreuzberger Nest, wo unsere Mutter diesmal nicht kühlend agierte, sondern alle Register des Wärmens zog.

Mein Bruder spielte oft mit Freunden in einer ausgebombten Fabrik nahe der Schillingbrücke, die über die Spree in den Bezirk Friedrichshain führte. Eines Tages beobachtete er mit anderen, wie ein Jugendlicher von der Brücke ins Wasser sprang. Offenbar wollte der den Helden spielen und wagte einen Köpper, wie wir Berliner den Kopfsprung nannten. Die Spree diente damals manch einem zum Entsorgen irgendwelcher Dinge. Der Waghalsige, kopfüber unter Wasser tauchend, verfing sich in einer aufgerissenen Matratze, deren Spiralfedern ihn am Wiederauftauchen hinderten. Er verfing sich in ihnen und ertrank in dem Fluss, der nach dem Bau der Stadtmauer weitere Opfer forderte, Flüchtende, die auf der nassen Transitstrecke von Grenzwächtern erschossen wurden.

Als im August 1961 die Schillingbrücke von West-Berlin aus nicht mehr zu betreten war, da riesige, nachtgeborene Stacheldrahtrollen dies signalisierten und verhinderten, trieb es meinen Bruder weiterhin, ach, erst recht dorthin. Vopos mit umgehängtem Schnellfeuergewehr hatten die nunmehr demonstrativ markierte Stadtgrenze zwischen Ost und West zu bewachen. Meinen Bruder überraschend, signalisierte ein junger Grenzwächter ihm, nonverbal und durch eine leicht zu deutende Geste: Du, ich habe Hunger, kannst du mir nicht etwas zu essen bringen?

Umgehend rannte mein Bruder nach Hause und berichtete unserer Mutter von dieser besonderen Begegnung. Sie fühlte sofort Bereitschaft zu helfen. Damals hatten wir immer sogenannten „Italienischen Salat" im Hause, der nichts mit spezifisch Italienischem zu tun hatte wie Mozzarella oder Aceto balsamico. Es war ein einfacher Fleischsalat mit Mayonnaise. Damit bestrich nun unsere Mutter eine Stulle. Mein Bruder, vielleicht von Rettergefühlen beflügelt, eilte sofort die zehn oder zwölf Minuten bis zu dem hungerleidenden Vopo hin, um ihm das belegte Brot mit ausgestreckten Armen über die bedrohliche Stacheldrahthecke in dessen geöffnete Hände zu reichen. Der Hunger war, wie mein Bruder interessiert beobachtete, beträchtlich. Statt eines Dankesworts oder einer anderen kleinen Belohnung verlangte der junge Grenzer jedoch eine weitere Stulle. Mein Bruder war bereit, ihm auch diese zu bringen. Und auch unsere Mutter wiederholte ihre noch nicht lang zurückliegende barmherzige Aktion. Wieder eine Brotscheibe, wieder Butter, wieder Italienischer Salat. Mein auch diesmal eilender Bruder erhoffte sich letztendlich die besondere Belohnung. Wieder, noch ganz außer Atem, das Hinüberreichen der Stulle und postwendend der Kommentar des Volkspolizisten: „Habt ihr nüscht anderet?!!"

Er kehrte meinem Bruder den Rücken zu, auch die kopierte Stulle, trotz aller Kritik, verzehrend. Während mein Bruder, noch leicht atemlos, sich ebenfalls umdrehte und also von dem Vopo abwandte, enttäuscht das Bild der unbeabsichtigten Konfrontation komplettierend.

So ging er ein weiteres Mal zurück nach Hause. Diesmal weitaus langsamer. Erschöpft und mit hängenden Schultern.

Während sich unsere Köpfe im Laufe der nächsten Tage befremdet, irritiert und verletzt neigten, wuchs neben dem medusenhaften Stacheldraht eine rohe Mauer empor, die uns Kindern und Jugendlichen aus krächzenden Megaphonen zurief: Kein Engelbecken mehr!

Vorbei mit Goldfischen und grünen Höhlen! Mimo! You can't enter the russian sector.

Grenzerfahrungen

Es war der Beginn der Osterferien 1973, als meine Mutter Koffer packte und mir erzählte, dass wir verreisen würden. „Morgen fahren wir los, an die Nordsee."

Für einen Sechsjährigen war das Ziel belanglos. Es ging auf Reisen, das würde sicher schön werden, aber was die Nordsee ist, wusste ich nicht. Wahrscheinlich irgendein See. Das Meer kannte ich damals noch nicht.

Am nächsten Tag ging es los. Meine Mutter stellte das Gepäck bereit und mein Vater brachte es ins Auto.

„Diese Tasche muss auch noch mit", sagte sie.

„Wo soll ich denn das alles unterbringen?", antwortete er.

Der Raum im Auto war begrenzt. Manches packte er wieder aus, um es platzsparender erneut zu verstauen.

Voller Freude auf die nun beginnende Zeit durfte ich endlich auf dem Rücksitz Platz nehmen. Natürlich völlig ungesichert. Kindersitze gab es noch nicht. So hatte ich die Möglichkeit, mich frei zu bewegen und mal auf der einen, mal auf der anderen Seite die Welt zu bestaunen.

Den Weg aus Zehlendorf durch den Grunewald kannte ich natürlich. Oft machten wir hier Spaziergänge. Dann ging es am Messegelände vorbei zur Heerstraße, der wir in Richtung Staaken folgten. Noch einmal war etwas Wald zu sehen, es ging über die Havel, dann wurde es wieder städtischer. Hochhäuser säumten die Straße. Irgendwo begann dann ein Stau.

Für meine Eltern war das keine Überraschung. Meine Mutter holte bereits die Ausweise und den Fahrzeugschein aus der Brieftasche und hielt alles griffbereit, um die Papiere kurz darauf an der Grenze zur DDR abzugeben. Ein Grenzpolizist nahm sie mit kritischem Blick in Empfang, schaute ins Auto, verglich die Gesichter mit den Ausweisen und fragte, ob wir Waffen oder Funkgeräte dabei hätten.

„Nein, nichts davon", antwortete mein Vater.

Die Papiere behielt der Mann. Wir konnten ein paar Meter vor fahren, der Stau ging weiter.

Neben uns waren Fließbänder montiert, auf denen man ab und zu Taschen vorbeihuschen sah. In ihnen steckten die Dokumente der Reisenden.

An einer zweiten Kontrollbude erhielten meine Eltern die Papiere zurück, zusammen mit einem Visum, das zur Fahrt durch das andere Deutschland berechtigte.

Bekannten von uns passierte es, dass die Papiere, die sie zurückerhielten, nicht die eigenen waren. Sie wurden vertauscht! Zum

Glück bemerkten sie das gleich. Nicht auszu-
denken, wenn sie einfach losgefahren wären
und das erst später bemerkt hätten. In der
DDR zu sein ohne die eigenen Papiere wäre
eine Horrorvorstellung gewesen. Wie hätte
man dieses Land wieder verlassen können?

Wir bekamen jedenfalls unsere eigenen
Papiere zurück und konnten endlich die Stadt
verlassen. Ein ähnliches Procedere kannte ich
bereits durch Besuche bei Verwandtschaft,
allerdings wurde seit Inkrafttreten des Transit-
abkommens auf dem Weg nach West-
Deutschland unser Gepäck nicht mehr kontrolliert. Wir brauchten auch keine Zollerklärung auszufüllen und kein Geld umzutau-
schen. Ostgeld hätten wir im Transit allerdings
auch gar nicht besitzen dürfen.

Wir fuhren dann in langsamem Tempo kilo-
meterweit durch eine bedrückende Gegend
mit sowjetischen Kasernen. Endlich durfte
mein Vater Gas geben, auf der Landstraße
war damals Tempo 90 erlaubt, später wurde
die Höchstgeschwindigkeit auf 80 km/h redu-
ziert.

Kurz hinter Wustermark fiel meiner Mutter
ein Wegweiser auf. „Hier geht es nach Etzin,
zu den Illgners."

„Ja", antwortete mein Vater. „Schade, dass
wir sie nicht besuchen dürfen, wo wir gerade
hier sind."

Auch bei unserer Verwandtschaft in Kyritz
durften wir keine Rast einlegen, obwohl mein

Vater unmittelbar am Haus seiner Cousine vorbei fahren musste. „Ob sie wohl zuhause ist?"

„Das kann man nicht erkennen", antwortete meine Mutter.

Die Straße führte uns immer weiter. Gelegentlich mussten wir an Bahnübergängen halten. In Karstädt dauerte das besonders lange. Mehrere Züge mussten abgewartet werden.

Stundenlang fuhren wir diese Landstraße. Es ging durch unzählige Dörfer, oft mit verfallenden Kirchen, über Felder und durch Wiesen und Wald, bis wir endlich wieder eine Grenze erreichten.

Wieder gab es einen Stau. An einem Kontrollhäuschen reichte mein Vater, wie in Berlin, unsere Papiere hinaus, diesmal natürlich mit dem Visum. Es war alles in Ordnung, die Papiere erhielten wir zurück und die Fahrt ging weiter

In Lauenburg waren wir wieder in einer Stadt, da galt Tempo 50. Die Gegend wirkte zersiedelt. Es ging durch Waldstücke, doch es wurde immer städtischer. „Wir sind jetzt in Hamburg", erklärten mir meine Eltern.

Das war eine wirkliche Großstadt! Wie in Berlin musste sich mein Vater durchs dichte Verkehrsgewühl kämpfen. Breite Straßen gab es, jede Menge Autos, viele Busse, wenn auch nur kleine, denn es gab keine Doppeldeckerbusse. Dafür fuhren zahlreiche Straßenbahnen durch die Stadt. Es ging durch Autotunnels, und Zugänge zu U-Bahnstationen zeugten von einer richtigen Stadt, wie Berlin.

Später wurde die Gegend wieder ländlicher. Felder und Gewächshäuser lösten sich ab, Baumschulen waren zu sehen, dann wieder Siedlungen und weitere Felder. Wir waren an Pinneberg vorbei und kurz vor Elmshorn, als ich ungeduldig wurde. „Wann sind wir denn endlich wieder aus Hamburg heraus?"

Angesichts der ländlichen Umgebung konnte meine Mutter kein Verständnis für diese Frage aufbringen. Sie drehte sich zu mir um und schaute mich verwundert an. „Da sind wir doch längst raus!"

Das konnte ich jedoch kaum glauben. Wo war denn die Grenzkontrolle? Um eine Großstadt herum musste es doch eine Grenze geben! Für mich, als Sechsjährigen, war das logisch. Als wir nach Hamburg hineinfuhren, gab es ja auch eine!

Ich kannte es nicht anders.

Klassenfahrt über Lichtenberg

Es war um 1970, als mein Bruder Hans-Jo zu einer Klassenfahrt nach Kopenhagen aufbrach. Am Bahnhof Zoo stieg seine Klasse in den Zug und kam problemlos bis zum Bahnhof Friedrichstraße, wo die übliche Grenzkontrolle stattfand. Da sie keine Visa hatten, mussten erstmal alle aussteigen.

Der Lehrer hatte offenbar keine Ahnung von Transitreisen nach Skandinavien. Er hätte wissen müssen, dass für Schulklassen ein Sammelvisum benötigt wurde. Dazu brauchte der Zoll eine Liste der Namen aller Schülerinnen und Schüler in alphabetischer Reihenfolge mit Adressen und Ausweisnummern. Bis diese Liste fertiggestellt war, konnte der Zug natürlich nicht warten.

Inzwischen befürchtete mein Bruder sogar, dass aus der Reise nichts werden würde und es gleich wieder nach Hause ginge, doch dann gab jemand der Gruppe den rettenden Tipp: „Sie könnten nach Lichtenberg fahren. Dort beginnt ein Zug nach Rostock und Sie setzen nur eine Fähre später nach Dänemark über, als Sie es ursprünglich vorhatten."

„Gut, aber wie kommen wir nach Lichtenberg?", fragte der Lehrer.

„Ja, da müssen Sie erstmal durch die Grenze."

Ein Grenzer lotste die ganze Klasse dann zum Verbindungstunnel zwischen der Nord-Süd-S-Bahn und der U-Bahn, wo sich hinter einer unscheinbaren Tür ein versteckter Übergang verbarg, der als Agentenschleuse dem unbeobachteten Passieren von Funktionären und Spionen diente. Dort ließ man sie hindurch und plötzlich standen alle in Ost-Berlin!

Das war für West-Berliner schon etwas ganz Besonderes, denn dort kam man normalerweise nicht hin.

Nun musste die Gruppe zusehen, wie sie zum Bahnhof Lichtenberg käme. Mit der S-Bahn war das zwar möglich, aber wie sollte man ohne Ostgeld Fahrscheine kaufen?

Der Lehrer machte sich darüber wenig Gedanken. „Wir haben Fahrscheine nach Kopenhagen. Das ist jetzt alles im Preis mit inbegriffen!"

So stieg die ganze Klasse, nur mit den Fahrkarten vom Bahnhof Zoo nach Kopenhagen, in die Ost-Berliner S-Bahn nach Lichtenberg. Zum Glück kam keine Kontrolle.

In Lichtenberg musste noch der richtige Bahnsteig gefunden werden. Nur ganz knapp schaffte es die Klasse, den Zug nach Rostock zu erreichen. Kaum war sie in den ersten Wagen gestiegen, da fuhr der Zug auch schon ab. Mit Koffern und Taschen drängten sich dann alle durch den ganzen Zug, bis in den letzten Wagen, wo ein paar freie Plätze zu finden waren.

Das war ein ganz normaler Reisezug im Binnenverkehr der DDR, mit entsprechenden Fahrgästen, mit denen sich mein Bruder und seine Kumpels fröhlich unterhalten konnten. Es waren Jugendliche, im gleichen Alter, auch ein Pole, der gut deutsch sprach. Einer aus der Klasse hatte eine Gitarre dabei und machte Musik, manche sangen dazu, man amüsierte sich, so dass die Zeit bis Rostock schnell verging. Dort mussten alle aussteigen. Bis Warnemünde rollte der Zug nicht.

Um zur Fähre nach Dänemark zu kommen, blieb noch viel Zeit. Sie fuhr nur alle sechs Stunden, aber inzwischen begannen die Mägen zu knurren.

Der Pole hatte eine Idee. „In der Nähe gibt es ein Interhotel. Da könnten wir hingehen und etwas essen."

Das klang gut. Offenbar kannte er sich aus. „Wie kommen wir da hin?", wurde er gefragt.

„Mit der Straßenbahn."

Auch hier war natürlich ohne Ostgeld keine Fahrkarte erhältlich, trotzdem waren erstmal alle eingestiegen.

Im Straßenbahnwagen gab es sogenannte Zahlboxen, in die man zwanzig Pfennig einwerfen und einen Hebel bedienen sollte. Die Münzen fielen dann hinter einem Glas sichtbar hinein und mit der Hebelbewegung kam ein Fahrschein heraus, den man sich abreißen sollte. Das war aber gar nicht nötig, denn diese Apparate waren so simpel, dass man

auch ohne Geldeinwurf einfach die Fahrscheine greifen und von einer Rolle abwickeln
konnte.

Da hatte einer erstmal rund zwei Meter
Fahrscheine herausgezogen, durch den
Wagen gereicht und jeder sollte sich einen
abreißen. Das fanden die Einheimischen gar
nicht gut, aber so kam die ganze Klasse
schließlich zum Interhotel.

Dort wurde recht gut gegessen, zu Preisen,
wie sie auch zu Hause üblich waren. Für
DDR-Verhältnisse war das allerdings teuer,
zumal mit Westgeld bezahlt werden musste.

Es wurde noch eine ganze Weile mit den
neuen Zugbekanntschaften geplaudert, bevor
es Zeit wurde, nach Warnemünde zu fahren.
Vom Hauptbahnhof aus gab es eine Art
S-Bahn, das waren aber nur alte grüne Reise-
zugwagen der Deutschen Reichsbahn.

Am Bahnhof Warnemünde wusste niemand, wo man entlanggehen sollte. Die Fähre
war bereits zu sehen und so lief man, ohne
lange zu überlegen, einfach über die Gleise in
Richtung Schiff.

Eigentlich hätte der Weg vom Bahnsteig
nach unten durch einen Fußgängertunnel und
außen um den Bahnhof herum geführt. Dort,
wo die Autos auf die Abfertigung warteten,
hätte der korrekte Weg durch die Grenze
geführt.

Die Grenzpolizisten staunten nicht
schlecht, als plötzlich eine ganze Oberschul-

klasse vollbepackt mit Koffern und anderem Gepäck kreuz und quer über die Gleise ging. Dennoch blieben sie bei der Kontrolle freundlich. Natürlich wies einer auf den Fehler hin. „Nächstes Mal müssen Sie aber den richtigen Weg nehmen. Hier über die Gleise...", er schüttelte den Kopf, „das geht nicht."

Da die Zeit aber inzwischen wieder knapp wurde, drückte man die Augen zu und ließ Hans-Jos Klasse nach der Kontrolle passieren.

Endlich waren sie auf der Fähre und nun lief erstmal alles recht gut, aber sie waren sechs Stunden länger unterwegs als geplant. Da am Bahnhof Kopenhagen ein bestellter Bus warten sollte, musste der Lehrer von der Fähre aus telefonieren, um alles umzuorganisieren. Das war natürlich nicht einfach, denn die Klasse war längst überfällig. Der Busfahrer hatte gewartet, aber als niemand kam, musste er unverrichteter Dinge wieder abfahren. Es gab ja keine Möglichkeit, ihn aus der DDR heraus anzurufen und zu informieren.

Aber auch von der Fähre aus war das recht kompliziert. Man musste dem Funker an Bord mitteilen, welche Nummer man erreichen wollte, dann bemühte der sich um den Aufbau einer Verbindung zur Seefunkstation. Von dort musste eine Telefonverbindung hergestellt werden. Nach etwa einer Viertelstunde wurde der Lehrer ausgerufen. „Die Funkverbindung ist jetzt da."

So konnte er doch noch dafür sorgen, dass ein Bus käme, um die Klasse abzuholen.

Zunächst musste man aber nach Kopenhagen kommen. Da diese Fähre keinen Zug mitführte, musste sie in Gedser zu Fuß verlassen werden, was nach reichlichem Alkoholgenuss einigen nicht leicht fiel.

Ein Mädchen aus der Klasse war so betrunken, dass sie sich nicht mehr aufrecht halten konnte. Ein Mitschüler hatte sie über die Schulter genommen und getragen. Beim dänischen Zoll legte er sie unter viel Gelächter auf den Tresen. „Muss ich die verzollen?"

In dieser Form durfte der Alkohol jedoch eingeführt werden.

Die Weiterfahrt mit dem Zug ab Gedser erfolgte problemlos und es begann ein unvergesslicher Aufenthalt in Dänemark.

Fünfundvierzig

Das Bremische „Schiffetuten" noch im Ohr, kam sie 1967 nach Berlin. Die Siebzehnjährige wohnte vorerst bei einer ihrer Tanten, die beide längst in diese Stadt gezogen waren. Die Tante, die sie aufnahm, wohnte in Westend, also in West-Berlin, weshalb es sich ihr anbot, sie die Westtante zu nennen, zumal deren Schwester in Treptow lebte, also im Ostteil der Stadt.

Einmal pro Woche fuhr sie mit ihrer Westtante mit U- und S-Bahn zum Bahnhof Baumschulenweg, in dessen Nähe die „Osttante" mit ihren je zwei Töchtern und Söhnen, die im Alter von sechs bis vierzehn waren, wohnte.

Stets wurden diese Besuche aufwendig und sorgfältig vorbereitet, denn die Wunschlisten waren meist beträchtlich. Je nachdem, welcher Art die Dinge waren, die nach Treptow zu transportieren waren, war das Problem leicht zu bewältigen oder bedeutete eine hart zu knackende Nuss, denn vielmals handelte es sich um Objekte, deren Einfuhr in die DDR nicht gestattet war, weshalb die Westtante oft tagelang vor der sogenannten Einreise damit befasst war, einen Ort in ihrem Bauchbereich zu finden, der ein gut kaschiertes Einschmuggeln ermöglichte. Da sie offensichtlich nicht mehr im gebärfähigen Alter war, wollte sie eine drohende Diskrepanz vermeiden. Ein breiter Hüftgürtel presste nicht nur ihren zum Glück wenig ausgeprägten Bauch flach, sondern auch alle unter dem Band verborgenen leicht verformbaren Dinge. Manches jedoch erwies sich als eher spröde, was nicht nur ihren Bauchraum belastete, sondern sie auch der Gefahr aussetzte, durch ein merkwürdiges Relief über ihrem Bauch ins Auge zu stechen. So wurde über Tage eine günstige Körperhaltung antrainiert wie auch eine unverfängliche Gangart. Bevor die Tour startete, warf sie sich stets einen weiten Mantel über, den Mantel des Schweigens.

Der Besuch der Westender Tante und deren Nichte wurde von der Treptower Familie so freudig wie ungeduldig erwartet, was allerdings weniger in den erwarteten Verwandten begründet lag als vielmehr in dem, was sie ihnen mitbrachten. So gingen alle Begrüßungsrituale rasch über die Bühne - und nach Öffnen des Hüftgürtels und sich unmittelbar anschließendem Verteilen der Geschenke waren Nichten und Neffen ebenso rasch mit ihrer Beute in ihren Zimmern verschwunden.

Aber auch die Treptower Tante war auf etwas fokussiert: die Nylonstrumpfhosen ihrer Nichte, die sich imperativisch veranlasst fühlte, ihre Strumpfhose gegen eine aus der Konfektionssammlung ihrer Tante einzutauschen. So kam und ging die Nichte in Nylonstrumpfhosen, wobei der Rückweg von Laufmaschen übersät war.

Eines Tages äußerte der ältere ihrer beiden Cousins den Wunsch, Boots in Wildleder zu tragen, was natürlich bedeutete, dass man sie aus West-Berlin zu ihm nach Treptow tragen solle. Wer dazu auserkoren war, war klar – aber wie, wie sollte der Transport geschehen? Lederschuhe gehörten zu den Dingen, die man bei der Grenzkontrolle loswurde, und schicke Stiefel im american style erst recht.

Der bewährte Hüftgürtel, ob stramm oder locker getragen, war definitiv keine Option. Der weite Mantel hätte sie kaschiert, doch schon das Öffnen der Knopfleiste hätte den Plan auffliegen lassen.

Während die Treptower, insbesondere der ältere Neffe und Cousin, auf den nächsten Besuch aus Westend warteten, grübelten Westtante und Nichte, wie die Aktion erfolgreich ablaufen könne. – Vielleicht einfach als Paketsendung schicken? – Ungeschickt, viel zu riskant! Nach Durchleuchten des Pakets wären die Boots bald darauf in Marzahn oder Pankow getragen worden.

„Ich hab's", jubelte die Westtante befreit, „wir verstecken sie gar nicht, wir präsentieren sie offen und müssen also nichts kaschieren!" – Worauf ihre Nichte fragte: „Wie sollen sie denn offen präsentiert werden und von wem?!" – „Na, von dir natürlich; du bist jung, da trägt man solche Schuhe!" – „Auch in dieser Größe?! Ich meine: ich ... die??" – „Welche Schuhgröße hast du denn?!!" – „38!" – „Na, das passt doch; du ziehst deine Sommersandalen an und die Boots drüber; dann sitzen sie fest und du hast was für die Rückfahrt!"

Die Nichte bat um Bedenkzeit. Nach einem Traum, in dem sie zwischen all den lütten Segelschiffchen im großen Bassin der Tuilerien zwei Elbkähne schippern sah, und drei Tagen, in denen sie zwischen Mut und Bangen hin und her torkelte, rief sie plötzlich couragiert ihrer Tante zu: „Ich wage es!!"

Der Morgen war gekommen und mit ihm neue Zweifel, jedoch zog sie letztendlich entschlossen ihre Sommerschuhe an und, etwas weniger entschlossen, die Boots darüber, Größe 45.

Nachdem ein fünfminütiger Fußweg und die zum U-Bahnsteig hinunter führende Treppe bewältigt waren, saß sie bald neben ihrer traditionsgemäß mit Hüftgürtel ausgestatteten Tante auf einer gepolsterten Bank in einem Waggon. Wenngleich nur sechs Stationen bis zum Bahnhof Zoo, so wurde ihr die Fahrt gefühlt zur Ewigkeit. Sowohl die Schuhe ihrer Tante als auch, vergleichend, die eigenen wurden von mehreren Mitfahrenden eingehend und in der Regel die Jugendliche bedauernd betrachtet, so dass sie gern ihre filigranen Sommerschuhe präsentiert hätte, wofür jedoch keine Zeit blieb. Ab dem Zoologischen Garten ging die Reise per S-Bahn weiter bis zum Kontrollpunkt Friedrichstraße. Das Verhalten der Mitfahrenden blieb gleich, die Aufgeregtheit wuchs. Wie würde sie auf Anfrage die überdimensionalen Schuhe begründen? Wie die darin verborgenen Sandalen? – Aber sie beruhigte sich: es war ja Wochenende und an dieser zentral gelegenen Kontrollstelle somit sicherlich viel Andrang, so dass die Wahrscheinlichkeit gering war, dass die Boots in den Fokus kritischer Betrachtung gerieten.

Die Elbkähne platschten in den Saal der Kontrollmaßnahmen; er war gähnend leer. Die wackere Tante an ihrer Seite, versuchte sie spontan, den Strohhalm zweifelhafter Argumente zu ergreifen, um dem Bautzener Zuchthaus zu entgehen. – Doch entgegen aller Erwartungen wurden die beiden in die DDR Einreisenden kaum kontrolliert. Vielleicht erschienen die Boots in der Leere des großen Raums weit kleiner, als sie eigentlich waren.

Bald darauf saßen die beiden wieder in einem S-Bahn-Waggon, der Tante und Nichte zum erlösenden Bahnhof Baumschulenweg führen sollte. Wieder war das Erstaunen der die Boots Betrachtenden groß; das Bemitleiden in ihrer Mimik wurde jedoch von einer Art Bewunderung überlagert.

Als die Hausklingel gedrückt wurde, war der Spießrutenlauf beendet.

Man öffnete die Wohnungstür. Die zwei Besucherinnen erhofften sich ein befreiendes gemeinsames Gelächter – das jedoch ausblieb. Der ältere Cousin der Heldin verschwand umgehend in seinem Zimmer, seine Boots fest umklammernd. Was den Besucherinnen aus dem goldenen Westen blieb, waren Müdigkeit und eine tiefe Enttäuschung. – Aber immerhin eine flügelleichte Heimfahrt in hellgrünen Sommersandalen.

Raserei nach Rostock

Der 17. Juni war zu DDR-Zeiten im Westen ein Feiertag, der Tag der Deutschen Einheit, an dem man an den Arbeiteraufstand von 1953 in Ost-Berlin erinnerte. 1977 fiel der Tag auf einen Freitag, was ein verlängertes Wochenende ermöglichte.

So entschied sich mein Bruder Hans-Jo recht spontan, mit einigen Freunden übers Wochenende nach Dänemark zu fahren. Es standen drei Autos zur Verfügung, die jeweils mit vier Personen besetzt waren, aber schon die Abreise verzögerte sich. Nicht alle waren pünktlich, das Gepäck musste platzsparend verstaut werden, alles dauerte länger als vorgesehen.

Da die Autobahn nach Rostock zu der Zeit noch nicht fertiggestellt war, musste man für die 250 Kilometer nach Warnemünde, inklusive der Kontrollen, mit etwa fünf Stunden Fahrzeit rechnen. Dabei verließ man Berlin in Staaken und fuhr auf vorgeschriebener Transitroute über Nauen, Kremmen, Oranienburg, Neustrelitz, Neubrandenburg, Teterow und Rostock nach Warnemünde.

Ausnahmsweise nutzte mein Bruder nicht das eigene Auto, sondern ließ sich von einem Bekannten in dessen Ford-Granada mitnehmen. Mit mehreren Personen im Wagen ist so eine Fahrt auch viel unterhaltsamer.

Der Fahrer erzählte, dass er regelmäßig zu einer Freundin nach München durch die DDR fahren würde. „Immer volles Rohr!" Geschwindigkeitsbeschränkungen interessierten ihn nicht. Er hatte das ganze Handschuhfach voller Strafzettel aus der DDR, die er nie bezahlt hatte. „Die haben ja keine richtige EDV", erzählte er. „Die bekommen es gar nicht mit, wenn man wieder in die DDR kommt. Sie vertrauen darauf, dass die Leute aus reiner Angst bezahlen würden. Beim ersten Mal fragte ich, was passiert, wenn ich nicht zahle? – Dann sind Sie beim nächsten Mal dran, sagte der Vopo. – Das habe ich dann ausprobiert."

Es ist aber nie etwas passiert. An der Grenze wurde offenbar nicht überprüft, ob noch Strafmandate offen waren.

Ein anderer Teil der Gruppe fuhr mit einem Audi 100. Beides waren kräftige Autos, die schnell fahren konnten. Zeitweise rasten sie mit 160 km/h über die schnurgeraden Landstraßen.

Der Audi 100 fuhr voraus und flitzte dabei viel zu schnell über einen Bahnübergang, der so uneben war, dass der Wagen abhob und für einen Moment mit allen vier Rädern durch die Luft flog. Der Granada, in dem mein Bruder saß, konnte gerade noch bremsen, aber es rüttelte trotzdem dermaßen, dass sich ein Mitfahrer am Dach stieß und sich eine Beule am Kopf holte.

Der dritte Wagen hatte Berlin etwas später verlassen. Der Fahrer erzählte, dass er zwischen Nauen und Kremmen einen Wegweiser zur Autobahn nach Rostock gesehen hatte. Die Transitroute führte jedoch geradeaus über die Landstraße, die Autobahn war noch nicht für den Transit freigegeben. Er hatte aber nur auf „Rostock" geachtet und wollte lieber die Autobahn fahren, also machte er das.

Erwischt wurde er nicht. Nennenswerte Kontrollen an den Transitwegen nach Skandinavien gab es kaum. Hier wurde man dafür, anders als an den Transitstrecken nach West-Deutschland, die fast komplett überwacht waren, wie bei Ein- und Ausreise aus der DDR kontrolliert.

So kam es, dass schließlich alle drei Fahrzeuge fast gleichzeitig in Warnemünde eintrafen. Gebracht hatte die ganze Hetzerei jedoch nichts. Die Fähre hatte schon abgelegt.

Durch die Vorkontrolle ging es schnell, dann stand die ganze Gruppe im Zollhof. Bis zur nächsten Fähre mussten etwa fünf Stunden gewartet werden.

Einer der Grenzpolizisten gab einen Tipp. „Sie haben ja nun viel Zeit, da würde ich Ihnen empfehlen, lassen Sie ihre Autos hier stehen, nehmen Sie ihre Papiere mit und gehen Sie an den Strand."

Das war schon sehr ungewöhnlich, dass einer der Grenzpolizisten Reisenden erlaubte das Zollgelände zu verlassen und etwas zu unternehmen. „Warnemünde hat ein gutes Nachtleben", meinte er, „da müssen Sie doch nicht hier am Zoll herumstehen."

Mein Bruder bedankte sich. „Das wäre mir in Berlin nie passiert."

„Was die Berliner machen, interessiert uns hier nicht", antwortete der Grenzer.

Den Spruch hörte Hans-Jo jedoch nicht zum ersten Mal. Für das Visum von Berlin nach Warnemünde mussten immer fünfzehn D-Mark Straßenbenutzungsgebühr gezahlt werden, doch in der Gegenrichtung wurde dieser Betrag oft nicht verlangt. Auch da hieß es mal „Was die Berliner machen, interessiert uns nicht."

Nach ein paar Stunden kam die Gruppe vom Strand zurück. Es wurde Zeit, die Fähre sollte bald ablegen. Normalerweise fuhr die DDR-Fähre, doch wenn sie bei Wartungsarbeiten oder Reparaturen ausfiel, kam die dänische Fähre zum Einsatz. So war es auch diesmal.

Bevor man nun aber an Bord fuhr, musste man am Bahnhof einen Fahrschein für die Überfahrt kaufen. Beim Auffahren auf die Fähre musste man ihn vorzeigen.

Die Mitreisenden, die über die Autobahn kamen, wussten das wohl nicht und fuhren einfach direkt auf den Zollhof. Dennoch kamen sie nach den Kontrollen problemlos auf die Fähre. Erst auf dem Schiff fragte der Fahrer meinen Bruder: „Wo gibt es denn nun die Tickets?"

„Was für Tickets?"

„Na, für die Fähre."

„Wie bitte? Hast du denn keins? Du musst doch am Bahnhof eines gekauft haben."

„Nö. Ich dachte, die gibt es auf der Fähre."

„Auf der Fähre gibt es keine Tickets. Wenn du erst an Bord bist, brauchst du keins mehr. – Wie bist du denn hierher gekommen? Beim rauffahren muss man sie doch vorzeigen."

„Meine Frau hat einfach alle Zettel, die wir hatten, herausgereicht. Der Schaffner schaute sich den Wust an Formularen an und hat einfach das Visum gelocht!"

Glück gehabt! Der dänische Schaffner erkannte wohl nicht, was das war.

Grenzverkehr und kontrolliertes Idyll

„Verlassen Sie umgehend den Grenzbereich!",
fiel mir eine barsche Stimme in den Rücken,
beträchtlich durch ein Megaphon verstärkt.
Sofort blieb ich stehen, rechnete fest damit,
dass ich gemeint sei. Hielt man meinen Neu-
gierdegang in die Nähe der Stadtmauer, die
den Bezirk Mitte, auf dessen Boden ich mich
befand, von meinem Wohnbezirk Kreuzberg
trennte, für einen potentiellen Fluchtversuch?
Keine Sorge, liebe Grepos, ich *kann* doch gar
nicht in den Westen flüchten, dachte ich bei
mir. Aber hätte ich das meinem Beobachter
nicht besser zurufen sollen? – Der hätte mich
vermutlich als Provokateur angesehen und
mir vielleicht eindringlich etwas mit seiner
Schusswaffe entgegnet. Das wollte ich vermeiden, drehte mich also brav und folgsam
um und ging wieder in Richtung Gendarmen-
markt, wo mittlerweile das Schinkelsche
Schauspielhaus als ein schmuckes Konzert-
haus wiedergeboren wurde. Auch die von mir
als Kind schon bewunderten Kuppelbauten
neben der deutschen und französischen Kirche hatten endlich das Kriegskleid und das
schäbige Gewand der nachfolgenden Ver-
wahrlosung abgelegt.

Doch allzu viel Zeit blieb mir nicht mehr,
wollte ich doch zu meinem Cousin und seiner
Frau hinaus nach Friedrichshagen fahren.

Zuvor jedoch musste ich unbedingt noch ins Polnische Kulturzentrum, das sich mir stets als eine Fundgrube voll begehrter Eterna-Schallplatten erwies. Die durch Zwangsumtausch 1:1 erworbene Mark der DDR für den Einkauf von Büchern, Notenheften und eben Schallplatten auszugeben, wäre kein sonderliches Problem gewesen, da es sich um keinen allzu hohen Geldbetrag handelte. So verstand ich nie die vielen Besucher aus dem Westen, die darüber klagten, dass sie gar nicht wüssten, wie sie all die aufgezwungene Ostmark loswerden sollten und fragte mich, wie eng deren Interessen reichten.

Bei mir sah die Sache in der Regel so aus: außer den 25 DM, nun in 25 DDR-Mark verwandelt, trug ich weitere 100 Mark der DDR bei mir, die ich für zwanzig bis 25 DM in einer West-Berliner Bank gekauft hatte. Das war natürlich verboten und wäre sicherlich schwer bestraft worden, hätte mich einer der DDR-Kontrolleure bei der „Einreise" von meiner Stadt in meine Stadt beim Devisenschmuggel erwischt. Es geschah niemals; offenbar hatte ich den Schutzengel des Jugendlich-Leichtsinnigen an meiner Seite.

Eines Tages, viele Monate vor diesem Besuch, hatte ich ein kaum zu begreifendes Glück. Da ich nicht weit vom Halleschen Tor entfernt wohnte, wählte ich, wie zumeist, den Grenzübergang Friedrichstraße. Nach kurzer

U-Bahnfahrt und einigen Treppenstufen gelangte ich bald in die Kontrollhalle, wo ich meine Einreisedokumente vorzulegen hatte, in denen auch verzeichnet war, was ich an Geschenken für meine Verwandten mit mir führte. Zwar war formal alles in Ordnung, jedoch wurde ich dennoch in einen kleinen fensterlosen Raum beordert.

Dort wurde ich nicht nur recht imperativisch angewiesen, meine Jackentaschen umzukrempeln, sondern die Jacke auch auszuziehen. Hemd und Unterhemd hatte ich ebenfalls abzulegen. Nachdem ich auch meine Hosentaschen umgekrempelt hatte, dachte ich, nun sei's genug – und irrte. Jetzt waren Schuhe und Socken dran und zwar nicht allein, weil auch diese Behälter untersucht wurden, sondern auch, um mir das Ausziehen der Hose zu erleichtern. Erleichtert fühlte ich mich allerdings keineswegs, zumal nun als Krönung der Schikane die Unterhose dran kam. Irgendwie fühlte ich mich als Adam, jedoch wenig im Paradies, zumal ich sowohl den Apfel als auch Eva vermisste. Stattdessen stand mir ein unzufrieden wirkender Sadist gegenüber, der Geld oder LSD oder was auch immer bei mir entdecken wollte.

Zwar war ich höchst verärgert, Angst jedoch hatte ich nicht. Ich hatte ja nichts Verbotenes bei, an oder in mir, sieht man einmal von der Verachtung meinem Kontrollorgan gegenüber ab. Natürlich hätte ich das Ablegen meiner Bekleidung verweigern können, was den Verdacht des Schmuggelns erhärtet hätte. Ich hatte keine Chance, wollte ich nicht ein generelles „Einreiseverbot" und damit auch den Besuch meiner Friedrichshagener Verwandten riskieren. Er musste mich also gehen lassen; ich genoss meinen kleinen Triumph allerdings kaum, waren doch die Verärgerung und das Gefühl der Demütigung zu stark.

Doch zurück zur aktuellen Situation! Trotz dieser Erfahrung war ich diesmal wieder mit 125 Ostmark ausgestattet, der Schutzengel hatte sich einmal mehr für den Leichtfertigen engagiert. Ich fand einige reizvolle auf Eterna-Platten gebannte musikalische Werke im Polnischen Kulturzentrum gegenüber der Marienkirche und stieg bald darauf im Bahnhof Alexanderplatz in die S-Bahn Richtung Köpenick. Ich liebte diese lange Strecke aus dem Zentrum Berlins bis in den Südosten der Stadt, inhalierte den besonderen Geruch der Bahnsteige, der mich an meine Kindheit erinnerte, beobachtete das Kommen und Gehen der Menschen in meinem Waggon, studierte die Gesichter der in meinem Blickfeld Befindlichen. Ich bemerkte, während mit spröder Patina behaftete Gebäude und zunehmend Bäume an mir vorüberglitten, die gedämpftere Kommunikation, als ich sie vom Westen der Stadt gewohnt war.

S-Bahnhof Friedrichshagen, das hieß hinunter auf die Bölschestraße gehen und in die Straßenbahn umsteigen, die mich rumpelnd auf schnurgeradem Gleis den knappen Kilometer durch das ehemalige Straßendorf bis zum Müggelseedamm brachte.

Obwohl der Bezirk Mitte direkt an meinen Wohnbezirk grenzt, fühlte ich mich dort eher als eine Art Tourist. Hier in Friedrichshagen jedoch fühlte ich mich eigenartig heimisch. Lag es am ländlichen Charakter des Ortes? Vielleicht auch. Vor allem war es vermutlich die dort stets empfundene Nähe meiner vertrauten Verwandten. Sie wohnten dicht am Müggelsee. Die schlichte Villa, in der sie einige Räume bewohnten, war damals ein Feierabendheim für betagte Bewohnerinnen, die unter anderem von meiner Cousine betreut wurden. Ging man hinter das Haus, so traf man auf einen einfachen Garten mit einigen alten Bäumen, der bis zum Seeufer reichte. Hinter dem Zaun, an dem ich entlang ging, stand eine leicht bröselnde Villa, um die eine ständige Stille zu herrschen schien; es war eine Unterkunft der Stasi. Die subtile Spannung, die ich zuweilen fühlte, empfand ich in meinen jugendlichen Jahren eher als reizvoll-spannend denn als bedrohlich.

Im Hause, bei meinem Cousin und meiner Cousine, fühlte ich mich geborgen. Mit Knut tauschte ich mich über die Fußball-Bundesliga aus, wir schauten gemeinsam die Spielberichte in der Sportschau, während wir das angenehm leicht-süßliche Bier aus der benachbarten Brauerei tranken. Mit Regina teilte ich das Interesse an belletristischen Büchern, von denen das eine oder andere von ihr geschenkte seit Jahrzehnten meine Bibliothek bereichert. Es gab ausgesprochen schöne Buchausgaben in der DDR, die, wie Schatzfunde entdeckt und billig erworben, während dieser Jahre mehr und mehr meine Regalbretter füllten.

Manchmal passierte ich die damals noch turmgeschundene Oberbaumbrücke, um von Kreuzberg nach Friedrichshain zu gelangen. Die Kontrollen waren dort, so meine Erinnerung, weniger scharf als am Bahnhof Friedrichstraße; jedoch war der vornehmliche Grund, dass ich nach zehn Minuten Fußweg über die Warschauer Straße an der Warschauer Brücke in die S-Bahn steigen konnte, die mich direkt nach Friedrichshagen brachte.

Ich erreichte dann bereits am späteren Vormittag das Haus meiner Verwandten, die mich mit einem zweiten Frühstück erwarteten, bei dem eines niemals fehlte: die kleinen goldgelben Brötchen, die nirgendwo so schmeckten wie vom Bäcker in der Bölschestraße.

Fuhr ich abends nach Hause zurück, mit Straßen- und S-Bahn und schließlich der West-Berliner U-Bahn, schien sich die kleine Rückreise oft unendlich hinzudehnen; mir fehlte meist die Gelassenheit, der erneuten Grenzkontrolle entgegenzusehen, war ich doch reichlich mit Platten, Notenheften und Büchern beladen, um deren Beschlagnahmung, aus welchem Vorwand auch immer, ich stets fürchtete. Wenn auch das eine oder andere Buch dem Kontrolleur sehr versehentlich aus der Hand fiel, weshalb ich mich danach und also vor ihm zu bücken hatte: ich durfte sie alle in meine heimeligen Wohnräume entführen – wie den Duft kleiner Brötchen und die Erinnerung an ein anderes Berlin, das immer auch meines war.

Besuch in Ost-Berlin

Jedes Jahr im Dezember feierte Tante Heidi, eine in Ost-Berlin lebende Verwandte, ihren Geburtstag, an dem wir sie regelmäßig besuchten. Mein Vater fuhr dann schon Tage vorher zum Forum-Steglitz, zur Passierscheinstelle, und beantragte dort für meine Eltern und mich die Passierscheine, also die offiziellen Genehmigungen zur Einreise in die DDR.

Dabei wollten wir gar nicht in die DDR oder in die Ost-Zone, wie meine Eltern zu sagen pflegten, sondern nur nach Ost-Berlin. Nach den Beschlüssen des Alliierten Kontrollrates war die Stadt ja als einheitliche gemeinsam zu verwaltende Einheit gedacht, doch das wollten gewisse politische Kreise anders.

So blieb uns nichts übrig, als in die DDR einzureisen, wenn wir nach Ost-Berlin wollten, das inzwischen als Hauptstadt der DDR bezeichnet wurde. Dazu mussten wir einen Grenzübergang nutzen, den man nur mit einem extra zu beantragenden Passierschein passieren durfte.

Es wäre natürlich zu einfach gewesen, wenn man solch einen Passierschein an der Grenze hätte beantragen und auch gleich hätte bekommen können. Spontane Besuche bei schönem Wetter wären möglich gewesen, aber das war nicht gewollt. Man musste den Passierschein erst in einer Passierscheinstelle beantragen und nach frühestens zwei Tagen konnte man ihn abholen. Damit konnte man dann an jenem Tag, für den man ihn beantragt hatte, zur Grenze fahren.

Meine Eltern wählten den Übergang an der Chausseestraße, weil er vom Westen aus über die Stadtautobahn recht gut erreichbar und im Osten der Weg zu Heidi nicht allzu weit war. Sie wohnte am Prenzlauer Berg in der Jablonskistraße.

Am frühen Vormittag waren wir nicht die Einzigen, die mit ihrem Auto in den Ostteil unserer Heimatstadt reisen wollten. Ist es überhaupt eine Reise, wenn man in derselben Stadt bleibt? Jedenfalls wurde der Wechsel in den Ostsektor als „Einreise in die DDR" bezeichnet.

Langsam ging es voran. Immer wieder durfte ein Fahrzeug in den Grenzbereich fahren. Dicke Betonmauern blockierten von rechts und links in die Straße hineinragend dermaßen die Fahrbahn, dass man nur in einem engen Slalom hindurch kam. Dann kamen wir an die Reihe.

Natürlich hatten wir alles aufgeschrieben, was wir an Geschenken für unsere Verwandtschaft mitgebracht hatten. Auch Heidis Sohn, dessen Frau und deren gemeinsame Tochter waren dabei zu bedenken. Das wurde genau überprüft. Hatten wir auch nicht versucht zu schmuggeln?

Dem aufmerksamen Grenzpolizisten entging nichts. Als meine Mutter ausgestiegen war, entdeckte er eine lose Fußbodenleiste.

„Machen Sie mal den Teppich hoch!", befahl er.

Sofort fiel meinem Vater ein, was er „verbrochen" hatte. Schon vor mehreren Wochen hatte er festgestellt, dass irgendwie Wasser in das Innere des Fahrzeugs eindrang und sich im Fußbodenbereich sammelte. Um der Feuchtigkeit Herr zu werden, schob er alte Zeitungen unter den Teppichboden.

Zeitschriften in die DDR mitzubringen war allerdings streng verboten. Erschwerend kam hinzu, dass es sich auch noch um ein Produkt der kapitalistischen Springerpresse handelte! Mein Vater hatte dieses Corpus Delicti schlicht vergessen.

Es kamen Erinnerungen an frühere Grenzübertritte auf, bei denen uns ebenfalls Druckerzeugnisse abgenommen wurden. So hatten meine Eltern schon bei einem Besuch in den 60er Jahren Kataloge für die Modelleisenbahn von Heidis Sohn mitgenommen.

Er hatte die Anlage seines Vaters übernommen, eine Märklin-Anlage aus westlicher Produktion, für die es im Osten nichts gab. So brachten meine Eltern damals einen Märklinkatalog mit, der Züge und Gleise enthielt, aber auch einen Katalog der Firma Faller, die kleine Häuschen und Dekorationsmaterial anbot. Die Grenzer hatten beide Kataloge genauestens durchgesehen. Bei all den Eisenbahnmodellen nach Bundesbahnvorbild befürchteten meine Eltern schon, dass es Probleme geben konnte, aber kleine Häuser aus Plastik waren ja völlig unpolitisch.

Der Märklinkatalog wurde dann jedoch akzeptiert, der durfte mitgenommen werden, während im Fallerkatalog auch ein Kapitel mit Modellen von militärischen Dingen entdeckt wurde. Kleine Panzer oder Jagdflugzeuge aus Plastik! Das waren militärische Artikel! Der Katalog wurde beschlagnahmt.

Man konnte oft nicht nachvollziehen, was erlaubt war. So waren zum Beispiel Schallplatten durchaus erlaubt. In den siebziger Jahren gab es welche mit deutschen Schlagern aus bestimmten Fernsehshows, wie „Musik ist Trumpf", von denen meine Eltern mal eine mitnahmen. Die Platte war okay, aber auf dem Cover befand sich ein kleines ZDF-Signet! Grund genug, das Objekt einzukassieren.

Auch Bücher mitzunehmen, wäre problematisch gewesen. So geschah es Bekannten von mir, dass sie einem Ehepaar, dessen Ehe in einer Krise war, ein Buch mit Tipps zur Überwindung von Eheproblemen mitnehmen wollten. Ein völlig unpolitisches Werk, das mit der Begrundung, dass es genau untersucht werden müsse, den Reisenden abgenommen wurde. Wenigstens fragte man, für wen das Buch denn bestimmt sei. Ein paar Wochen später wurde es dann, zur Überraschung aller, tatsächlich dorthin zugesandt. Wahrscheinlich fand sich beim Zoll niemand, der dieses Buch selbst gebrauchen konnte.

Mein Vater hob nun mit Unschuldsmiene den Teppich an und beteuerte, dass er ganz vergessen hatte, dass er dort eine Zeitung zum Aufsaugen der Nässe hineingelegt hatte. Sie war auch komplett durchnässt.

Beim Anheben zerfiel sie sofort unter dem eigenen Gewicht. Schon beim Versuch, eine Seite zu separieren, gab das Papier nach und die Finger griffen hindurch.

Dass wir dieses triefende Fragment niemandem zum Lesen geben wollten, war wohl glaubhaft. Nachdem mein Vater die Umstände erläutert, die Papiermasse entsorgt und meine Mutter die vorgeschriebenen 25,- DM pro Person in jeweils 25,- Mark der DDR umgetauscht hatte, durften wir weiterfahren.

Sofort waren wir in einer anderen Welt. Bereits an der ersten Straßenecke bog vor uns hörbar quietschend ein Zug der im Westen Berlins bereits ausgestorbenen Straßenbahn in die Chausseestraße ein.

Sie wirkte schmuddelig. Alles wirkte so. Die Stadt schien im Dezember ohne Grün und ohne Farben zu sein. Reste von Schnee, Matsch und Streugut taten ihr Übriges dazu.

Sogar die Luft war eine andere als im Westen. Man mochte meinen, dass die Mauer nicht in der Lage war, auch die Berliner Luft zu zerteilen, doch hier roch es nach schwefelhaltiger Braunkohle, die in unzähligen Wohnungen verheizt wurde und nach den Abgasen der Zweitaktermotoren in all den Trabbis und Wartburgs, die mit einem Gemisch aus Benzin und Öl angetrieben wurden.

Der Straßenverkehr hatte es in sich. Schneematsch machte die Straßen rutschig, mein Vater musste sehr vorsichtig fahren. Was hätte es wohl für Probleme gegeben, hier, im Osten, in einen Unfall verwickelt zu werden? Selbst wenn ein Anderer Schuld gehabt hätte: Wäre man da angemessen entschädigt worden? Wir wussten es nicht.

Allerlei Abbiege-Verbote machten den Weg kompliziert. Die Straßenbahn fuhr einfach nach links in die Invalidenstraße, doch für Autos war dort ein Linksabbiegen verboten. Erst in die nächste Straße, die Tieckstraße, eine reine Wohnstraße, durfte man einbiegen und konnte sich dann irgendwie zur Invalidenstraße hindurchschlängeln.

Schließlich parkten wir in der Jablonskistraße, in der Nähe der Wohnung unserer Tante. Wir brachten Geschenke mit und überließen ihr die 75 Ost-Mark, die wir nicht mit nach Hause nehmen durften. Natürlich war das Geld willkommen. Es wurde viel über alte Zeiten, Erinnerungen und Aktuelles geplaudert, bevor wir uns nach Kaffee, Kuchen und

Abendessen wieder auf den Heimweg begaben.

Am Auto, es war ein günstig erworbener, gebrauchter Mercedes, stellten wir zunächst fest, dass an der Motorhaube der zugehörige Stern fehlte. Jedes Mal fehlte irgendwas am Auto. Der Stern wurde uns öfter gestohlen, beim nächsten Auto, einem Ford, fehlten einmal die Buchstaben F, O, R und D. Liebhaber gab es wohl reichlich, vor allem hier, wo solche Autos Seltenheitswert hatten.

Auf dem Rückweg fuhren wir über die Greifswalder Straße und die Wilhelm-Pieck-Straße, die heute Torstraße heißt.

An der Grenze folgte die übliche Kontrolle. Obligatorisch war das Hochklappen des Rücksitzes, unter dem man eigentlich unmöglich jemanden verstecken konnte. Aber jede noch so unwahrscheinliche Fluchtmöglichkeit für DDR-Bürger musste verhindert werden. Grundsätzlich wurde auch immer mit einem Spiegel der Unterboden untersucht. Dafür gab es eine spezielle Karre, wie eine Sackkarre, aber mit einem anmontierten Spiegel.

Selbstverständlich musste auch der Kofferraum geöffnet werden. Es musste ja nachgesehen werden, ob sich darin irgendwas befindet, dass den zweiten Staat auf deutschem Boden nicht verlassen durfte, egal ob Mensch oder Gegenstand. Hier ergab sich nun aber eine Tücke: Das Schloss war zugefroren!

Der Autoschlüssel ließ sich nicht einmal in das Kofferraumschloss schieben, geschweige denn drehen.

Wir wurden aus der Reihe geleitet. Der Kofferraum musste geöffnet werden, anders ging es nicht. Mein Vater tat alles, was ihm möglich war. Er hielt zunächst seine Hand gegen das Schloss, in der Hoffnung, dass es durch die Wärme auftauen würde, stattdessen wurden jedoch seine Hände eiskalt. Nach ein paar Minuten gelang es aber tatsächlich, den Schlüssel ein Stück in das Schloss hineinzuschieben, wenn auch nicht weit genug.

Die Grenzer waren unerbittlich. „Der Kofferraum muss geöffnet werden!"

Endlich kam mein Vater auf die Idee, den Schlüssel mit einem Feuerzeug anzuwärmen. Er steckte den erhitzten Schlüssel hinein, ruckelte mit ihm im Schloss herum, erhitzte den Schlüssel erneut, immer wieder und irgendwann ließ er sich tatsächlich drehen.

Endlich ging der Kofferraum auf, es war nichts drin, wir durften weiter fahren. Allzu oft ließen wir uns nicht auf diese Abenteuer ein.

Panne bei Köckern

Im Sommer 1980 machten meine Eltern mit mir Urlaub in Bayern. Diese Gelegenheit nutzte mein Vater, um sich ein neues Auto zu kaufen, genauer gesagt, einen Gebrauchtwagen. Er fand einen gut gepflegten Audi, der Händler führte noch eine Inspektion durch und ließ den Wagen, mit der Adresse unseres Urlaubsquartiers, auf meinen Vater zu.

Zwei Wochen später ging es auf die Rückreise nach Berlin. Wie jedes Mal, wenn wir am Hermsdorfer Kreuz vorbeikamen, erinnerten sich meine Eltern an ein längst vergangenes Treffen mit Verwandtschaft. Es muss Ostern 1966 gewesen sein, als es noch keine regelmäßige Möglichkeit für Besuche in Ost-Berlin gab. Damals verabredeten sich meine Eltern mit Bruno Horstmann, einem Cousin meines Vaters, der mit seiner Familie im Ostteil Berlins lebte, in der Rastanlage am Hermsdorfer Kreuz. Auch seine Frau und der Sohn waren dabei.

Es war nicht verboten, dort Pause zu machen, nur der Kontakt zur Verwandtschaft geschah unerlaubt. Bestimmt zwei Stunden lang plauderte man fröhlich miteinander. Auf der Heimfahrt folgten uns die Horstmanns in ihrem Škoda und Bruno betätigte immer wieder die Lichthupe als Zeichen, dass sie noch da waren. Als sich die Wege auf dem Berliner Ring trennten, winkten sie uns noch hinterher.

Ganz unbeobachtet kann das alles nicht geblieben sein. An der Grenze gab es eine ganz genaue Kontrolle. Es wurde immer wieder gefragt, wo wir so lange waren. Meine Eltern berichteten natürlich von der Rast, aber sie konnten keine Quittung vorzeigen. „Die habe ich weggeworfen", sagte mein Vater, „ich wusste nicht, dass ich sie noch brauchen würde." Tatsächlich hatte Bruno uns eingeladen, weil er mit Ostgeld bezahlen konnte, was wir ja nicht haben durften.

Letzten Endes blieb es aber bei längerer Befragung. Es konnte nichts bewiesen werden.

Heute würden wir jedoch pünktlich in Dreilinden ankommen. Das für uns neue Auto fuhr zuverlässig, eine Pause hatten wir nicht vor.

Kurz hinter dem Schkeuditzer Kreuz hörten wir allerdings laute Geräusche. Im Fußraum wurde es warm, als ob Flammen den Boden aufheizten, der Auspuff hatte sich gleich hinter dem Motor gelöst.

Sofort hielten wir auf dem Pannenstreifen der Autobahn. Mein Vater schaute im Gras des Seitenstreifens unter das Auto, erkannte was passiert war, doch er hatte keine Möglichkeit, den Auspuff wieder zu befestigen. Es blieb nichts anderes übrig, es musste ein Pannenhelfer kommen.

Etwa hundert Meter weiter befand sich auf der anderen Seite der Autobahn ein Parkplatz. Dort stand ein Polizeiauto. Mein Vater ging ein Stück in der Richtung. Natürlich blieb er nicht lange unbeobachtet. Er rief dann über die Straße, ob man ihm einen Abschleppwagen schicken könnte, doch man schickte ihn zur nächsten Notrufsäule.

Es blieb ihm nichts übrig, als sich auf den Weg zu machen. Alle fünf Kilometer standen sie an der Autobahn, natürlich blieben wir genau in der Mitte zwischen zweien liegen. Er musste zweieinhalb Kilometer wandern, um mit der Notrufzentrale sprechen zu können.

Inzwischen beobachteten meine Mutter und ich, wie auf der Gegenfahrbahn ein Konvoi entlang fuhr. Polizeiautos mit Blaulicht vorneweg, eine Reihe von Limousinen, dann wieder Polizei. Wer da wohl Bedeutendes vorbeikam?

Nach gut einer Stunde und insgesamt fünf Kilometern Weg kehrte mein Vater recht verärgert zurück. „Wo ist der Fahrzeugschein? Den brauche ich!"

„Was haben sie gesagt?", wollte meine Mutter wissen.

„Sie wollten das Kennzeichen wissen. Glaubst du, ich kenne das schon auswendig?"

Dann zog er erneut los. Noch einmal würde er eine gute Stunde unterwegs sein. Allmählich wurde es dunkel. Am Horizont sahen wir, wie in der Gegend von Halle bunte Feuerwerksraketen in den Himmel stiegen, leider sehr entfernt.

Nach insgesamt zehn Kilometern Marsch kehrte mein Vater endlich reichlich erschöpft zurück. Wenigstens konnte er erleichtert berichten, dass Hilfe kommen würde.

Es dauerte zum Glück nicht mehr allzu lange, bis ein Abschleppwagen eintraf. Der Automechaniker hatte jedoch nicht viel zu tun. Inzwischen war es stockdunkel und im Gras konnte er sich auch nicht weit genug unter das Auto legen, um etwas zu reparieren. Es gelang ihm nur so gerade, mit etwas Draht und Licht aus einer Taschenlampe den Auspuff hochzubinden, damit er uns zur nächsten Rastanlage abschleppen konnte. Ein Starten des Motors war wegen der Hitzeentwicklung am Boden nicht möglich. Wir wollten ja nicht riskieren, womöglich in Brand zu geraten.

Die folgenden zwanzig Kilometer zur Rastanlage Köckern zogen sich hin. Das gelbe Blinklicht des Werkstattwagens, der nur wenige Meter vor uns fuhr und mit dem wir über ein Abschleppseil verbunden waren, blendete in der Dunkelheit der Nacht.

Endlich erreichten wir die Rastanlage, wo der hilfsbereite Mechaniker unser Auto auf festem Betonboden mit dem Wagenheber weit genug anheben konnte, um sich sicher darunter legen zu können, doch die Reparatur erwies sich als schwierig.

Natürlich war auch hier Polizei anwesend, wie auf jedem Parkplatz an der Transitstrecke. So fragte der fleißige Helfer den Polizisten, ob er uns nicht ausnahmsweise zu seiner Werkstatt schleppen dürfte, um an der Hebebühne arbeiten zu können. Ein Verlassen der Transitstrecke war jedoch streng verboten.

Dennoch bemühte sich der Kfz-Fachmann um unser Auto. Er schnitt eine Getränkedose auf, wickelte diese um die Bruchstelle am Auspuff und umwickelte das Ganze mit Draht.

In der Zwischenzeit hielten meine Mutter und ich uns im Restaurant der Rastanlage auf. Durch unseren Zwangsaufenthalt waren wir wohl besondere Gäste. Sicher aber auch, weil wir nur Westgeld haben konnten und daher alles, was wir kaufen würden, sehr gut bezahlen mussten. Man bot uns sogar eine Dose Coca-Cola an, obwohl es dieses Getränk in der DDR eigentlich nicht gab. Offenbar war man sehr stolz darauf, so etwas anbieten zu können. Umso größer war das Staunen, als wir dankend ablehnten und uns für etwas anderes entschieden. Coca-Cola war nie unser Geschmack.

Dennoch führten wir ein nettes Gespräch mit dem Personal. Man erzählte uns unter anderem, dass in dem Konvoi, den wir beobachtet hatten, der Staatsratsvorsitzende Erich Honecker an uns vorbei gefahren war.

Endlich war es gelungen, unser Auto einigermaßen zu reparieren. „Fahren sie aber langsam und vorsichtig", ermahnte uns der Mechaniker.

„Natürlich."

Wir bedankten uns ausführlich und haben ihn auch gut bezahlt. Dann traute sich mein Vater nur noch mit Tempo 70 weiterzufahren. Der schlechte Belag der Autobahn mit ihren vierzig Jahre alten Betonplatten ließ mit geflicktem Auspuff keine schnellere Fahrt zu.

Mit stundenlanger Verspätung trafen wir irgendwann in der Nacht endlich an der Grenze in Dreilinden ein. Der Grenzpolizist schaute auf unser Visum, auf dem stets der Zeitpunkt vermerkt war, an dem man in die DDR hineingefahren war. Wir waren auffällig lange unterwegs gewesen. Das war verdächtig. Hatten wir vielleicht unerlaubten Kontakt zu DDR-Bürgern? Hatten wir uns mit jemandem getroffen? Sofort forderte der Grenzer uns auf, rechts heranzufahren.

Mein Vater tat das nur ungern, weil es auf einen Bordstein hinaufging und wir Erschütterungen vermeiden sollten, doch noch hielt der Auspuff.

Wir erzählten dann von unseren Erlebnissen und mussten erneut warten. Der Zöllner telefonierte mit dem Rasthof Köckern, erkundigte sich, ob unsere Angaben stimmten, dann durften wir endlich nach Hause fahren.

Der Auspuff hielt noch bis zur heimischen Werkstatt.

Schal-le-Magne

Die Oberbaumbrücke, über die Spree hinweg
Friedrichshain mit Kreuzberg verbindend, und
somit Ost und West, war ein Prachtexemplar
der Backsteinneogotik. Heute ist sie es wieder.

Damals war sie es nicht mehr. Der Bom-
benkrieg hatte tiefe Wunden in sie geschla-
gen, und da ihre beiden Tortürme baufällig
waren, hatte man sie, auf Anordnung der
DDR-Machthabenden, zu Turmstümpfen
geschleift. So verlor dieser historische Brü-
ckenbau, auf Ost-Berliner Areal liegend, weitgehend seine einst so imposante Erschei-
nung. Der ehemals in beide Richtungen flie-
ßende Verkehr war nach dem Bau der Berliner Mauer zu einem stockenden und eingehend kontrollierten geworden, denn auf der
Oberbaumbrücke wurde ein Fußgängergrenz-
übergang eingerichtet. Das machte die Brücke
nicht schöner, war jedoch manch einem, der
den Ostteil der Stadt zu besuchen wünschte,
durchaus willkommen.

So auch meiner Großmutter Ninna. Oft fuhr
sie mit der U-Bahn, vom Neuköllner Hermann-
platz kommend, bis zum Schlesischen Tor, um
die wenigen Meter bis zur Kontrollstelle zu
Fuß weiterzugehen, meist beladen mit allerlei
Geschenken für ihre Köpenicker Schwester
und deren Familie. Sie musste dann noch

eine mühselige Viertelstunde ihre Dominosteine und Kaffeebohnen die Warschauer Straße hochschleppen, bis zum S-Bahnhof Warschauer Straße. Endlich durfte sie raus nach Köpenick fahren. Über den holpernden Rädern des Waggons träumte sie, noch etwas gerädert, jedoch allmählich sich entspannend, einer freudigen Umarmung entgegen.

Gegen Abend fuhr sie den gleichen Weg wieder zurück zum Grenzübergang, diesmal in Begleitung ihrer Schwester, also meiner Großtante, die auf der Oberbaumbrücke blieb, bis nach dem Kontrollgang meine winkende Großmutter nicht mehr zu sehen war.

Oma Ninna trug eine lange Unterhose, unter ihrem halb geöffneten Mantel um den Hals gelegt, so dass die wollenen Hosenbeine, ihren Hals rahmend, zu ihren Schenkeln herabfielen.

„Guten Abend!", empfing der Kontrolleur meine Oma.

„'Naamd!", entgegnete sie.

„Haben Sie unerlaubte Dinge bei sich?"

„Nee!"

„Wat ham'Se'n da?!"

„Dit is mein Schal!"

„Merkwürdig!"

„Wenn *Sie* den merkwürdig finden – ick find' den jed'nfalls wunderbar warm."

„Sie wissen, dass Untertrikotagen aller Art nicht nach West-Berlin exportiert werden dürfen?"

„Dit weeß ick – und deswejen hab ick ooch West-Schlüpper drunter! Und nun lassen Se mir mal nach Hause jehn; ick friere!"

Der Vopo war dermaßen verblüfft von dieser Theaterszene, dass er nicht in der Lage war, vielleicht aber auch nicht sein wollte, ihr die ladenneue Unterhose des „VEB Trikotagen Zenit", die mein Großvater Carl in ihrer eigentlichen Funktion tragen sollte, abzunehmen. Er ließ meine Großmutter passieren – mit einem mit Mühe zurückgehaltenen Grinsen.

Dieses Schauspiel beobachtete meine Großtante, so weit ans Geschehen sich vorschiebend, wie sie halt durfte. Schließlich wollte sie nicht nur ihren Augen beste Unterhaltung bieten, sondern sie wollte auch alles mit ihrem Gehör verfolgen können.

Da meine Großmutter dazu neigte, eher dynamisch zu sprechen und auch ein gesundes Selbstbewusstsein in sich trug, konnte meine Köpenicker Großtante jede Silbe klar erfassen. Und da der Grenzkontrolleur, seine kleine Machtposition hervorkehrend, ebenfalls mit erhobener Stimme sprach, war es ihr möglich, den gesamten Dialog zu genießen.

Ja, so is' meine Schwester, kess und von derbem Humor durchdrungen, dachte meine Großtante bei sich. Und sie konnte sich vor Lachen kaum halten.

Sie hatte übrigens eine schwache Blase. Und so geschah es, dass nicht nur unter der Oberbaumbrücke die Spree floss, sondern auch über ihr meine Großtante.

Ein Besuch in Kyritz

Im Herbst jeden Jahres gab es eine Zeit, in der sich die Geburtstage bei unserer Verwandtschaft in Kyritz häuften. Einmal im Jahr fuhren daher meine Eltern in die Prignitz zu einer Kusine meines Vaters und ihren Kindern und Enkeln. Sie war deutlich älter als er, eher passten ihre Kinder altersmäßig zu meinen Eltern. Die Enkel waren etwa in meinem Alter.

Marianne, die Kusine, war bereits in Rente und kam auch gelegentlich zu uns nach West-Berlin. Rentner durften das.

Wir holten sie dann immer am S-Bahnhof Sundgauer Straße ab. Es war schon seltsam. Jeder andere kam entweder mit dem Auto oder mit der BVG, also mit Bus oder U-Bahn, nur die Verwandtschaft aus dem Osten nutzte, als wäre es selbstverständlich, die S-Bahn, die man doch eigentlich nicht benutzen sollte. Das Fahrgeld, das die S-Bahn im Westen Berlins einnahm, ging schließlich an die DDR. Bis zum Mauerbau nahm man das hin, aber von da an sollte das Regime in der DDR nicht mehr mit Westgeld unterstützt werden. Deshalb wurde die S-Bahn boykottiert.

Ganz genau konnten wir nie wissen, wann Marianne kam, mal dauerten die Grenzkontrollen länger, ein anderes Mal ging es schneller. So standen wir dann auf dem ungastlichen Bahnsteig und warteten manchen Zug ab.

Dann schauten wir zu, wie die alten Wagen unverdrossen an die leeren Bahnsteige kamen und hielten. Ein Zugabfertiger schaute, ob vielleicht doch jemand ausstieg, dann hob er seine Kelle, pfiff auf der Trillerpfeife und der Zug fuhr weiter.

Die Bänke waren schmutzig, beschädigt oder fehlten, doch das störte kaum, weil sich ohnehin fast niemand auf den leeren Bahnhof verirrte.

Im abendlichen Schummerlicht der dürftigen Beleuchtung wirkten diese Stationen schon fast gespenstisch. Nach Abfahrt eines Zuges herrschte Ruhe, bis nach ein paar Minuten ein anderer aus der Gegenrichtung einfuhr und wieder für wenige Sekunden etwas Leben brachte.

Irgendwann kam Marianne dann doch und wir konnten den ungastlichen Bahnhof verlassen.

Marianne war inzwischen verstorben, aber sie hatte in Kyritz einen Sohn und eine Tochter, Konrad und Margrit, beide mit Familie, die wir nun besuchten. Da Margrits Ehemann, Jürgen, wegen seiner Führungsposition, was auch immer er gemacht hat, keine Westkontakte haben durfte, besuchten wir immer nur Konrad, einen selbstständigen Bäckermeister.

Natürlich war es stets reiner Zufall, dass Margrit und Jürgen immer ausgerechnet dann ihren Bruder besuchten, wenn wir uns dort ebenfalls aufhielten.

Diesen „Zufall" stets sicher erwartend, hatten wir natürlich auch für Margrit, Jürgen und deren Kinder Geschenke mitgebracht, genau wie für Konrads Familie. Selbstverständlich wurden auch die Eltern bedacht. Es gab Kaffee und Bananen, eben die üblichen Dinge, die in der DDR schwer zu bekommen waren, aber auch Kleidung für die ständig wachsenden Kinder und manch Kleinigkeit obendrein.

Vor dem Mauerbau mag der Kontakt noch intensiver gewesen sein, doch da war ich noch nicht auf der Welt. So waren das für mich alles relativ fremde Leute. Natürlich wusste ich, wer jeder war, aber eine wirkliche Beziehung konnte ich nie entwickeln.

Unsere Gastgeber empfingen uns mit offenen Armen. Voller Freude kam die ganze Familie aus dem Haus, es redeten alle durcheinander, Gelächter schallte über den Hof und als unsere Mitbringsel gesichtet wurden und die Kinder dabei standen und ebenfalls allerlei empfingen, war es wie Weihnachten.

Die Frauen hatten sich viel Mühe mit einem üppigen Mittagessen gegeben. Es war schmackhaft und reichlich vorhanden.

Nach dem Essen hatte unser Gastgeber eine Idee. „Lasst uns doch das schöne Wetter genießen und einen kleinen Verdauungsspaziergang an der frischen Luft machen, damit ihr nachher zum Kaffee auch noch den Kuchen schafft."

Dieser Vorschlag löste bei uns jedoch Verwunderung aus. Die Sonne schien zwar, es war auch für die herbstliche Jahreszeit noch relativ warm, aber so warm, dass man nicht heizen müsste, war es nun auch wieder nicht. In dieser Kleinstadt hatte das zur Folge, dass die „frische Luft", wie Konrad sie nannte, allzu sehr nach dem Rauch der Lausitzer Braunkohle roch, die überall in der DDR zum Heizen verfeuert wurde. Unsere Verwandtschaft bemerkte das gar nicht mehr.

Wir waren froh, im Haus zu sein, wo die Kombination aus Rauch und den Abgasen der Trabis mit ihren Zweitaktermotoren nicht so zu spüren war, doch wie konnten wir den Spaziergang taktvoll ablehnen?

„Lasst uns doch lieber im Wohnzimmer gemütlich plaudern", schlug meine Mutter vor.

Mein Vater erinnerte daran, dass er auch noch tanken müsste. Das war das Stichwort für Jürgen, der keine Westkontakte haben durfte. Er hatte dafür aber gute Kontakte zur örtlichen Tankstelle.

Wir hätten nur mit Westgeld tanken dürfen, weil Benzin wegen seiner Knappheit in der DDR nicht von Besuchern aus dem Westen für Ostgeld getankt werden durfte.

DDR-Bürger tankten aber natürlich mit Ostgeld und wir hatten davon jede Menge. Wir waren ja zu dritt angereist und es mussten für jeden 25,- DM umgetauscht werden, in 25,- Mark der DDR. Also fuhr mein Vater mit Jürgen zur Tankstelle. Die beiden tankten dort unser Auto und Jürgen bezahlte es als DDR-Bürger mit dem Ostgeld, das wir ihm zuvor gegeben hatten. Deutlicher hätte er seine verbotenen Westkontakte kaum zur Schau stellen können, aber das interessierte keinen. Er wusste, was er tat.

Am Nachmittag wurde die Kaffeetafel gedeckt. Für Konrad, als Bäcker, war es kein Problem, wunderbare Torten anzubieten, er machte sie ja selbst. Der sogenannte Schneewittchenkuchen schmeckte besonders gut. Wir hätten ihn eher Donauwellen genannt, aber hier gab es andere Begriffe.

Nachdem schon das Mittagessen reichlich bemessen war, konnten wir unmöglich schaffen, was uns geboten wurde.

„Wollt ihr wirklich nichts mehr", fragte Konrad.

Meine Eltern schüttelten die Köpfe, was schwer viel, denn der Kuchen war wirklich gut.

„Mehr schaffen wir beim besten Willen nicht", erklärte meine Mutter, „aber ihr könnt uns ja ein paar Stücke mitgeben."

Nun hätte wohl, nach all den Geschenken, die wir mitgebracht hatten, jeder angenommen, dass auch wir etwas bekämen.

Die Antwort überraschte uns jedoch. „Nee, mit jibt's nischt", sagte unser Gastgeber freundlich lächelnd, vielleicht in der Erwartung, dass wir noch mehr essen sollten oder in der Gewohnheit, dass er als Bäcker seine Ware nicht verschenken würde.

Meiner Eltern nahmen ihm diesen Geiz jedoch übel. Sie vergaßen es nie, auch wenn sie dennoch den Kontakt beibehielten. Die Ostverwandtschaft konnte ja schließlich nicht zu uns kommen, also waren wir es, die quasi verpflichtet waren, den Kontakt zu halten.

Am frühen Abend fuhren wir wieder nach Hause. Wir wären aber auch ohne diesen Vorfall nicht später abgefahren, denn als Bäckermeister war Konrad es gewohnt, wochentags bereits um zwei Uhr morgens aufzustehen, um die Backstube anzuheizen. So wurde er verständlicherweise regelmäßig recht früh müde.

Wir fuhren, wie immer, über die Fernstraße 5 in Richtung Berlin und wurden hinter Wustermark, gleich nachdem wir den Berliner Ring gekreuzt hatten, von der Volkspolizei angehalten. Man wollte unsere Einreisepapiere sehen.

Sie waren in Ordnung.

Ganz offensichtlich suchte man nach Transitreisenden, die von der vorgeschriebenen Transitroute abgewichen waren. Kurz zuvor wurde zwischen dem Dreieck Wittstock und Putlitz das erste Teilstück der Autobahn nach Hamburg eröffnet. Gleichzeitig wurde der festgelegte Reiseweg zwischen Karstädt und Wustermark auf die Autobahn verlegt. Das waren etwa 30 Kilometer Umweg. Manch einer fuhr vielleicht deshalb, vielleicht auch aus Gewohnheit oder Unachtsamkeit, die alte Strecke.

Wir bekamen jedoch keine Schwierigkeiten, wir *durften* hier fahren.

An der Grenze legten wir unsere Zollerklärungen vor. Der Grenzpolizist wunderte sich. „Nehmen Sie denn nichts mit nach Hause?"

„Nein, nichts."

„Gar nichts?"

„Nein, gar nichts", erwiderten meine Eltern kopfschüttelnd im Wissen, wie gerne sie etwas von dem wunderbaren Kuchen mitgenommen hätten.

Auch der Zöllner war es offenbar nicht gewohnt, dass Besucher, die laut Zollerklärung viele Geschenke mitgebracht hatten, ganz leer wieder nach Hause fahren würden.

Nordfahrt und Leipziger Allerlei

Unser Plan war damals, im Oktober 1981, zuerst Rostock zu besuchen, von dort aus nach Bad Doberan und dem in der Nähe gelegenen Heiligendamm zu fahren, also bis an die Ostseeküste. Auf dem Rückweg nach Süden gedachten wir noch das alte Güstrow mitzunehmen. Kö und ich hatten großes Interesse an Barock und Backsteingotik, Barlach und dem ersten deutschen Seebadeort mit seinen weißen klassizistischen Bauten.

Für die im Einreiseantrag vermerkten Orte war uns also der Besuch genehmigt und das Visum erteilt worden. Nur die aufgeführten Städte durften besucht werden; von der Transitstrecke bis in den hohen Norden durften wir nicht abweichen, es war strengstens untersagt. Allerdings gerieten wir kaum in Versuchung, da unser Programm durchaus umfangreich war.

Niemals kämen wir heute, vierzig Jahre später, auf den ernsthaften Gedanken, solch eine Tour als Tagesausflug zu unternehmen, auch wenn längst jegliche, oft sehr zeitraubende, Grenzkontrollen weggefallen sind. Einheit kann zuweilen befreiend wirken.

Wir waren jung, Mitte oder Ende zwanzig, und demzufolge verrückt genug, diesen Wahnsinnsgedanken zu realisieren. Wir fühlten uns, trotz aller Eingesperrtheit durch die West-Berlin umgebende Mauer, frei und ungefährdet.

„Da ham'se sich ja janz schöen was vorjenomm'", sprach der sächsische DDR-Kontrolleur am Grenzübergang Heerstraße und setzte die Frage hinzu: „Was woll'n S'n dorrt?"
Bevor ich eine geschickte Antwort überlegen und formulieren konnte, sagte mein Freund locker-spontan: „Die Jegend ankucken!" – Diese Information schien dem Kontrollorgan oberflächlich und, wie seine skeptische Miene ausdrückte, verdächtig. Das fühlten wir und so versuchte ich noch rasch ins Detail zu gehen, von wegen schöner Gotik etc. Das schien den Herrn jedoch nicht zu überzeugen; da aber alle Einreiseunterlagen und auch unser Wagen sich als ordnungsgemäß präsentierten, ließ er uns einreisen.
Merkwürdig war das ja tatsächlich; als West-Berliner fuhr man diese Strecke, etwas abgewandelt, normalerweise nur, wenn man eine der großen Fähren nach Schweden oder Dänemark nutzen wollte. Dass wir einige eher marode Kirchen und andere Bauwerke aus vergangenen historischen Epochen besichtigen wollten, schien offenbar nicht die Regel, zumal bei Rückkehr am selben Tag.

Im zwischen beiden deutschen Staaten zehn Jahre zuvor ausgehandelten Transitabkommen war vermerkt, dass jeglicher Reiseverkehr durch das Gebiet der DDR in der „einfachsten, schnellsten und günstigsten Weise" geschehen solle. Wir nahmen das wörtlich, fanden's einfach günstig, unter all den uns begleitenden oder entgegenkommenden Trabis auf der Autobahn Richtung Rostock mit unserem VW-Käfer zu den schnellsten zu gehören. Instinktiv und wachsam bremsten wir an heiklen Stellen ab, um knapp unter die erlaubten 100 km/h zu gelangen. So rollte unser Wagen anhaltend und unangehalten.

Wir parkten außerhalb der Rostocker Stadtmauer, die nicht vom gewohnten Todesstreifen begleitet war. Dafür war sie weitaus löchriger. Auch war sie deutlich maroder, wenngleich deutlich attraktiver. Hier hießen die Durchlässe nicht Checkpoint Charlie, Drewitz oder Stolpe, sondern, weit poetischer, Steintor oder Kuhtor.

Durchs Steintor gingen wir, ohne einen Passierschein vorweisen zu müssen, auf den Marktplatz zu. Dank unserer historischen Kenntnisse und ausreichend Phantasie war er auch als solcher erkennbar, gerahmt vom gotisch-barocken Rathaus zur rechten Seite und einer Zeile schöner Giebelhäuser, diesem gegenüber liegend. Ansonsten war der historische, ehemals rechteckige Marktplatz zu einer weiten Straßenkurve umgestaltet worden, die im Hintergrund links von der imposanten backsteingotischen Marienkirche überragt

wurde, deren Portal, wiederum passierschein-
frei, auch für uns beide offenstand. Dafür
waren sowohl die Petri- als auch die Nikolai-
kirche verrammelt, der Raum der Jakobikirche
zwar zugänglich, jedoch die gotische Schöne
gar nicht mehr vorhanden. Ein Opfer der
DDR-Abrissbirne, wie so vieles in der teilweise
kriegszerstörten alten Hansestadt.

Nach so viel Verweigerung des Eintritts in
gotische Gewölbe hofften wir auf Zutritt ins
Doberaner Münster, einer ehemaligen Zister-
zienserklosterkirche, die insbesondere durch
ihren grandios gestalteten Innenraum berühmt
ist. Unsere Hoffnung erfüllte sich, so dass wir
beglückt den faszinierenden Raum durchmes-
sen konnten.

Gewissermaßen bewegten wir uns auf
einer Transitnebenstrecke, denn über Bad
Doberan rollten wir, mit herbstlaubleuchtender
Wachsamkeit und auferlegter Disziplin, auf
das historische Ostseebad Heiligendamm zu,
fünf Kilometer über eine verwunschen schöne
Allee.

Die Sonne durchglühte das uns behütende
Blätterdach mit abendlich goldener Tendenz.
Schön für Auge und Seele. Das zeigte sich
auch, als wir einige Minuten später den brö-
selnd-schönen Badeort erreichten. Das Ost-
seelicht flirrte grenzenlos auf den Wellen, die
von Skandinavien her an den Strand gespült
wurden. Wir fühlten Dänemark, wenngleich

vermutlich weit weniger melancholiebehaftet als so manch ein Bürger der DDR.

Unser Visum beinhaltete auch, dass wir die Seebrücke in Richtung der dänischen Inseln entlanggehen durften, jedoch endete die Transitstrecke nach etwa einhundertundzwanzig Metern überm offenen Meer. Kurzes Verweilen in möwenschreiendem Fernweh. Dann wandten wir uns um: das Panorama der weißen Stadt am Meer präsentierte sich in Gold und berieselte warm unsere mittlerweile leicht durchfröstelten Rücken. Der goldene Klassizismus sagte uns auch, es wird Zeit, sich auf den Weg zurück nach Süden zu bewegen.

Obwohl die Abenddämmerung sich merklich ankündigte, waren wir fest entschlossen, im Plan zu bleiben, getragen von unseren preußischen Tugenden. So besuchten wir tatsächlich noch Güstrow. Es waren ja nur etwa fünfzig Kilometer, die wir über teils holprige Landstraßen zu bewältigen hatten. Auf dem schmucken Marktplatz stellten wir unseren Wagen ab, und da wir gerade dort waren, drückten wir bange die große Klinke der Marienkirche hinunter. Offen, Glück gehabt! Die Domstraße zu finden, war keine anspruchsvolle Aufgabe, führte sie doch vom Marktplatz direkt zu Dom, jedoch mussten wir unsere Route recht angestrengt auf Gehweglöcher abchecken, denn unsere Schuhe

waren im Abenddämmer nur noch schemenhaft zu erkennen.

Noch ein backsteingotischer Innenraum? –
Nein! Der Güstrower Dom verweigerte uns
den Zugang. Und somit waren wir ad hoc aus
allen Barlachträumen gerissen, denn auch
zum legendären Schwebenden Engel durften
wir somit nicht hinaufschauen.

Nahezu vom Abenddunkel umhüllt, ergötz-
ten wir uns letztlich an der bewegten Fassade
des Renaissanceschlosses. Nun schleunigst
zurück zum Marktplatz, in den Wagen, Motor
und Scheinwerfer an, ab nach Berlin!

Bald rollte unser Käfer auf unsere Heimatstadt
zu. Es gab keinerlei Stau, dennoch mussten
wir anhalten – und zwar auf einer Tankstelle.
Eingedenk dessen, dass wir uns nicht nur
Berlin näherten, sondern auch unserem vor-
letzten Benzintropfen, hinterließen wir außer
der aufgrund des Zwangsumtauschs abge-
zapften DM auch einige auf einer Tankstelle
im Ruppiner Land. Nun ja, spät war es ohnehin schon, stockdunkel obendrein; und so
sorgten wir für gesteigerte Spannung, denn
bis 24 Uhr mussten wir die Grenzkontrollstelle
Heerstraße passiert haben.

Als wir am Übergang nach West-Berlin eintrafen, war es kurz vor Mitternacht. Jetzt noch
durch und dann nach Hause, also nach
Kreuzberg fahren, wo wir damals beide wohnten. Wir hatten ein paar Bücher und je eine

Eterna-Platte aus Rostock mitgebracht, alles legitim; auch war das Auto nun ausreichend betankt, so dass wir uns nicht veranlasst sahen, noch längere Zeit am Grenzübergang Heerstraße zu verweilen.

Unsere Papiere wurden kontrolliert. Die Einkäufe überprüft. Alles in Ordnung. Es ging rasch, zumal es mittlerweile Mitternacht war und fast überhaupt kein Grenzverkehr mehr. Müdigkeit machte sich bemerkbar; schließlich hatten wir einen langen Tag hinter uns, voller Aktivitäten und vielfältiger Eindrücke.

Als wir dachten, der Kontrolleur reiche uns schließlich unsere Reisedokumente zurück, etwa mit den Worten „Gute Heimfahrt und gute Nacht!", sahen wir uns getäuscht. – „Fahren Se mal dorrt rin!", lautete eine unwillkommene Anweisung in sächsischem Dialekt. Irgendwie klang das vertraut, und auch die Stimme kam uns bekannt vor. Auch wenn nun ein anderer Dienst hatte als der, den wir am Vormittag erlebt hatten, was wahrscheinlich war nach weit über zwölf Stunden: die Szenerie erinnerte stark an das bereits Erlebte. Man hatte uns offenbar den Verdächtigen zugeordnet und unser Autokennzeichen auf einer Sonderliste notiert.

Nach zwei Minuten erschien das Kontrollorgan wieder. Räum'Se mal alles aus'm Wagen!", befahl der Herr. Wir gehorchten. Es war 0.15 Uhr. Ein Kissen wurde eingehend untersucht, eine Plüschmaus durchstochen.

Beide Autositze und auch die Sitzbank wurden minutiös beäugt und betastet. 0.25 Uhr. Ein Rollspiegel zwischen zwei Rädern wurde mithilfe einer dünnen Eisenstange unter unseren Wagen geschoben. Nein, es hing kein Mensch am Unterboden, und auch Säckchen mit Marihuana konnten nicht entdeckt werden.

Frustriert verlangte der Nachtaktive nun: „Nehm'Se mal die Radkabbn ab!" Die waren festgeschraubt und so suchten wir nach einem Schraubenzieher. Vergeblich. 0.35 Uhr. „Warten Se mal!", sprach der Lästige und verschwand. Nach etwa zehn Minuten kehrte er wieder zurück in die Folterbude, einen Schraubendreher in der Hand. Er schraubte persönlich, wurde wieder nicht fündig. Nach der zweiten Radkappe resignierte er. 0.55 Uhr. Vielleicht hatte er bis 1.00 Uhr Dienst, wollte vorher noch den Großen Fang machen, um im „Neuen Deutschland" einen Heldenartikel zu ergattern. Notgedrungen entließ er uns in die Freiheit, ohne ein Wort der Entschuldigung.

Trotz aller Müdigkeit beflügelt durchquerte der brave Käfer das nachtstille West-Berlin, einem tiefen Sonntagsschlaf entgegen, traumerfüllt von gotischen Radkappen und einem durchstochenen Barlachengel.

Sturm auf der Ostsee

Es war ein Septemberwochenende in der Mitte der achtziger Jahre, das mein Bruder Hans-Jo für eine Kurzreise nutzen wollte, wieder mal mit Dänemark als Ziel. Am Freitag hatte er Frühdienst und konnte sich daher bereits am Nachmittag mit seinem Auto auf den Weg machen. Nachts um drei sollte in Warnemünde die Fähre nach Gedser ablegen. Natürlich hatte er reichlich Zeit einkalkuliert, man wusste ja nie, wie lange die Grenzkontrollen dauerten, so traf er gegen ein Uhr nachts am Hafen ein.

Es war wenig los. Zwei oder drei PKWs und einige LKWs, die ebenfalls auf die Fähre warteten, standen in Warnemünde auf dem Parkplatz vor dem Zoll. Es war viel Zeit, also stieg er aus und unterhielt sich mit einem der LKW-Fahrer.

„Na, wie sieht's denn aus?", fragte er.

„Da brauchen Sie sich keine Hoffnungen zu machen, die fährt sowieso nicht, die Fähre!"

„Wieso denn das?"

„Naja, wegen Sturm! – Auf der Ostsee weht ein Nordoststurm, das heißt: In Dänemark ist Niedrigwasser. Die Fähre liegt im Hafen von Gedser und kommt da nicht raus, weil davor eine Sandbank ist."

Das war natürlich ärgerlich, aber was sollte man tun? Die beiden machten das Beste daraus. Der Lastwagenfahrer lud Hans-Jo zu sich in die Kabine ein. Darin war es warm und man konnte gemütlich plaudern. Die Zeit verging, doch irgendwann wollte der Fernfahrer schlafen gehen.

Inzwischen war es drei Uhr nachts. Hans-Jo ging nach vorne, zu den Grenzpolizisten, und fragte, wann es denn weitergehen würde.

„Jetzt passiert erstmal nichts! Die Fähre um drei Uhr fährt jedenfalls nicht, aber morgens um neun fährt eine. – Vielleicht."

Das war unbefriedigend, aber was half es? Dann musste er eben warten.

Richtig zu schlafen war im Auto nicht möglich. Es war voll bepackt, Hans-Jo konnte die Sitze kaum zurückstellen, geschweige sich hinlegen.

Kurz vor neun wurde er allmählich munter. Er traf wieder den LKW-Fahrer und frühstückte mit ihm.

Um neun Uhr sollte die Fähre abfahren, doch sie war noch nicht mal zu sehen.

„Ich glaube nicht, dass sie um neun fährt", meinte der erfahrene Trucker.

Im LKW konnten die beiden gerade so, wenn auch in schlechter Qualität, den NDR empfangen und erfuhren dadurch, dass auch die Fährlinie Puttgarden – Rödby eingestellt worden war. Es wurde angekündigt, dass es die Reederei gegen dreizehn Uhr wieder probieren wollen würde, doch was nützte das den Reisenden in Warnemünde? Man hätte dort ohnehin nicht hinfahren können. Wer im Transit nach Dänemark unterwegs war, durfte nicht einfach nach West-Deutschland fahren. Dafür wäre ein anderes Visum nötig gewesen.

Um neun Uhr fuhr wieder keine Fähre, sie blieb in Gedser.

Allmählich reichte es meinem Bruder. Er ging zu den Grenzern. „Gibt`s etwas Neues?"

Mit einem langgezogenen „Ja" meinte der Vopo: „Um drei Uhr nachmittags soll eine Fähre fahren, aber die wird wohl auch nicht kommen."

Der Samstag würde dann wohl komplett im Zollhof von Warnemünde verbracht werden müssen. Einzig für den Sonntag bestand noch Hoffnung auf den dänischen Strand, aber das lohnte sich nicht mehr, denn am Montag musste Hans-Jo wieder pünktlich zum Spätdienst am Arbeitsplatz erscheinen.

„Naja", überlegte er laut, „dann müssen wir uns mal etwas einfallen lassen. Ich möchte dann lieber wieder zurück nach Berlin."

Ihm war klar, dass das nicht einfach werden würde. Ein Umkehren auf der Transitroute war nicht vorgesehen. Man hatte sie stets an dem Grenzübergang zu verlassen, für den das Visum galt.

„Das ist nicht so einfach", antwortete der Polizist daraufhin. „Sie bräuchten ein neues Visum für die Strecke Warnemünde – Berlin. Ihres gilt ja nur für Berlin – Warnemünde!"

„Ja gut", antwortete Hans-Jo, „dann würde ich gerne ein solches Visum bekommen. Wir sind ja hier an der Grenze, das müsste doch möglich sein."

Durchaus verständnisvoll kratzte sich der Zöllner am Kopf. „Wir haben da nur ein Problem: Das Visabüro ist ja nicht hier im Hafen, sondern auf der Fähre und die liegt in Dänemark fest."

„Ja, schön und gut", antwortete mein Bruder geduldig", aber die Formulare werden ja sicher nicht auf der Fähre gedruckt. Es muss doch ein Lager geben. Es muss doch auch hier möglich sein, ein Visum zu bekommen."

Der Polizist suchte durchaus nach Lösungen. „Wir müssen noch ein bisschen warten", sagte er, „um drei kommt meine Ablösung mit einem Schlüssel zum Formularlager."

Das war noch eine halbe Stunde. Auf diese Wartezeit kam es nun auch nicht mehr an.

„Kommen Sie erst mal auf den Hof, zur ersten Vorkontrolle."

Das Auto stand noch immer auf dem Parkplatz vor den Kontrollanlagen. Nun durfte mein Bruder vorfahren und auf das Visum warten. Er dachte, es wird schon jemand kommen und er wollte auch nicht drängen, aber nach zwei weiteren Stunden wurde er allmählich müde und ging nach vorne.

Ein Grenzpolizist empfahl ihm dann das Interhotel in Warnemünde. „Da können Sie übernachten."

„Nein", antwortete er kopfschüttelnd, „ich bin Student und das Interhotel ist mir zu teuer. Außerdem ist ja auch ganz unklar, wann die Fähre wieder fährt."

Der Grenzer nickte.

„Ich muss nach Hause", fügte er hinzu. „Irgendwann werde ich müde. Noch werde ich es schaffen, aber wer weiß, wie lange noch."

Nun dauerte es zum Glück nicht mehr lange, bis einer der Kollegen freudestrahlend angerannt kam. „Hallo, hallo!", rief er, „ich habe jetzt das Visum!"

Na wunderbar! Er musste noch die üblichen zehn D-Mark Gebühr bezahlen und nahm das Visum in Empfang.

„Vielen Dank", sagte er erleichtert, bereits drauf und dran, sich endlich wieder auf den Weg nach Berlin zu machen.

„Ja", erwiderte der Grenzer, „jetzt müssen wir aber noch die vorgeschriebene Kontrolle durchführen!"

Der Zöllner wusste genau, dass Hans-Jo bereits in Berlin kontrolliert worden war und sich in Warnemünde ausschließlich im Zollgebiet aufgehalten hatte. Was sollte jetzt noch im Auto zu kontrollieren sein? Inzwischen war es meinem Bruder aber auch egal. „Dann machen Sie ihre Kontrolle", antwortete er.

„Machen Sie bitte einmal die Fahrertür auf."

Hans-Jo saß ja auf dem Fahrersitz und dachte, sicher wäre die Beifahrertür gemeint.

Von dort könnte man besser ins Wageninnere schauen.

„Nein, nein, die Fahrertür!", bestätigte der Grenzpolizist.

Verwundert öffnete sie mein Bruder.

Der Mann sah gar nicht hinein. „Okay, Sie können die Tür zumachen. Kontrolle beendet!"

So hatte er seine Aufgabe ordnungsgemäß erfüllt. Es war eher ein Scherz als eine Kontrolle.

Endlich stand der Rückfahrt nach Berlin nichts mehr im Wege.

Allmählich wurde es Abend. Vor der Grenzübergangsstelle Heiligensee war die Autobahn völlig leer. Der Transitweg aus Hamburg führte noch über den Grenzübergang an der Heerstraße. Hier jedoch war die Autobahn nur für den Transit aus Skandinavien und für die Ausreise aus der DDR vorgesehen. Am frühen Abend war niemand unterwegs.

Bereits an der Vorkontrolle fragte ein Grenzpolizist: „Wo kommen Sie denn her?"

„Transit Gedser!"

„Das kann nicht sein!"

Sämtliche Schranken gingen runter.

„Das geht nicht", antwortete der Grenzer, „die Fähre fährt doch zur Zeit gar nicht."

„Ich habe aber ein Visum", antwortete Hans-Jo und zeigte es vor.

„Wo haben Sie denn *das* her?"

„Das gab man mir in Warnemünde."

Es dauerte dann noch eine Dreiviertelstunde, bis die Papiere überprüft waren. Wahrscheinlich hatte man inzwischen in Warnemünde angerufen, doch dann war man sehr freundlich. „Da sind Sie bestimmt ganz schön müde. Dann wünschen wir Ihnen gute Fahrt, kommen sie gut nach Hause und schlafen Sie sich aus."

Eine andere Fahrt nach Dänemark war weniger problematisch, auch wenn wieder Ungewöhnliches geschah. So machte sich Hans-Jo gleich nach Feierabend auf den Weg. Pfingsten bot ein verlängertes Wochenende, das es bis auf die letzte Minute auszunutzen galt.

Die Zeit drängte, die Fähre wartete nicht und war bei seiner Ankunft gerade abgefahren. Nun hatte er viel Zeit. Was sollte er tun? Sie fuhr nur alle sechs Stunden. Er stieg aus seinem Auto und begann es zu reinigen.

Die Scheiben waren schmutzig. In aller Ruhe putzte er sie und rauchte eine Zigarette, als ein Vopo auf ihn zu geschlendert kam. „Ja, das machen Sie richtig. Sie haben ja jetzt genug Zeit."

Offenbar wollte er quatschen. Er hatte wohl nicht viel zu tun. Dann bot er meinem Bruder eine Zigarette an, die er auch nahm, bevor Hans-Jo auch ihm eine westliche anbot, für die sich der Grenzpolizist freundlich bedankte.

Beide kamen ins Plaudern. Als es am Abend kühl wurde, lud der Vopo meinen Bruder ein. „Wir können in meinen Dienstraum gehen. Es ist keiner da und es ist geheizt."

„Ja, gut, warum nicht."

Es gab Kaffee und man machte es sich gemütlich. Über eine Stunde lang redeten die beiden über verschiedenste Dinge, wo man Urlaub macht und vieles mehr. Er sprach von seinem Boot auf der Müritz und mein Bruder von Dänemark.

„Ja, da würde ich auch gerne mal hin", antwortete der Mann vom Zoll, „aber das geht nunmal nicht."

Auch mein Bruder erzählte von sich.

Der Vopo fragte ihn, ob er Student sei.

„Nein, ich arbeite bei der Deutschen Bank, im Rechenzentrum." Das war kein Geheimnis. Dadurch hatte er Schichtdienst und so erzählte er, warum er nach Feierabend relativ zeitig zur Wochenendreise aufbrechen konnte.

Man unterhielt sich, bis der Grenzer sich entschuldigte. „Ich muss Sie jetzt langsam rausbitten, bald kommt die Ablösung und dann geht es auch mit den Kontrollen weiter."

Hans-Jo verabschiedete sich freundlich. „Schönen Dank, für alles, schönen Feierabend, es war nett mit Ihnen." Dann ging er wieder zu seinem Auto.

Nach einer halben Stunde wurde es langsam voll auf dem Platz, immer mehr andere

Reisende trafen in Erwartung der nächsten Fähre ein.

Bei der Kontrolle war er einer der Ersten. Er fuhr vor, unter das Dach der Kontrollanlagen, und rechnete damit, dass er nun wie üblich den Kofferraum öffnen, den Rücksitz hochklappen und sonst was tun müsse.

Da kam der Vopo, mit dem er sich unterhalten hatte, mit seiner Aktentasche unterm Arm und machte Feierabend. Er verabschiedete sich von seinem Kollegen, sah meinen Bruder und meinte dann: „Den könnt ihr durchlassen, der ist in Ordnung!"

Darauf wandte sich der kontrollierende Grenzer freundlich an meinen Bruder. „Okay, hier haben Sie ihre Papiere wieder, fahren Sie weiter."

So kam er diesmal ohne große Kontrollen nach Dänemark.

Auf der Rückfahrt wurde es jedoch schon auf der Fähre stimmungsvoller. Nach dem Pfingstwochenende war eine deutsche Sambagruppe an Bord. Über Pfingsten wurde in Kopenhagen Karneval gefeiert und diese Gruppe brachte die fröhliche fast schon brasilianische Stimmung an Bord der DDR-Fähre.

Bei sonnigem Wetter tanzten sie an Deck zu ihrer Musik, einige waren in die Rettungsboote geklettert, andere standen sogar auf der Reling und hielten sich an Masten und Abspannungen fest. Sie bewegten sich im

Takt der Musik, die Besatzung des Schiffes sah entsetzt zu, doch niemand unternahm etwas dagegen. Die DDR-Besatzung ließ alles geschehen, egal wie gefährlich es war. Was wäre wohl passiert, wenn einer dieser Leichtsinnigen über Bord gegangen wäre?

In Warnemünde musste man dann sehen, wie schnell man vom Schiff kam. Für die Ersten ging es schnell an der Grenzkontrolle, doch die Letzten mussten bis zu zwei Stunden warten, bis alle anderen abgefertigt waren. Die Sambagruppe war jedoch ziemlich weit hinten, aber sie ließ sich die Zeit nicht lang werden.

Bei schönem Wetter fingen sie an, auf dem Stauraum vor den Grenzanlagen Frisbee zu spielen. Immer über die Autos hinweg flog die Frisbee-Scheibe vom Einen zum Anderen. Man konnte sich wirklich wundern, dass die Vopos nicht einschritten.

Dann rannte einer nach dem Frisbee, griff im Übermut nach der Mütze von einem der Vopos und warf sie wie eine Frisbee-Scheibe durch die Gegend!

Es passierte nichts Nennenswertes!

Der Vopo schimpfte zwar, doch ernsthafte Folgen blieben offensichtlich aus. Dennoch begab sich Hans-Jo, der das miterlebte, dann doch lieber zu seinem Auto, um nicht den Eindruck zu erwecken, dazu zu gehören.

Die Sambagruppe kam jedoch genauso schnell wie alle anderen durch die Kontrolle.

Es spielte offenbar keine Rolle, wie man sich benahm. Die meisten Reisenden waren vorsichtig, wollten kein falsches Wort sagen, doch letzten Endes blieb es stets reiner Zufall, ob man strenger kontrolliert wurde oder nicht.

An der Grenze in Berlin geschah noch mehr Eigenartiges. Es kann auch ein anderes Mal gewesen sein, jedenfalls war Hans-Jo morgens um sechs Uhr mit der ersten Fähre gefahren, weil er Spätdienst hatte und erst um fünfzehn Uhr bei der Arbeit sein musste.

Er war kurz nach zwölf in Berlin, so dass er alles bequem schaffen konnte, um rechtzeitig seinen Arbeitsplatz zu erreichen.

Der Grenzer meinte dann: „Na, sehen Sie mal zu, dass Sie noch schnell zur Arbeit kommen."

Woher wusste er wohl, dass um diese Zeit die Arbeit noch rufen würde?

Die Stasi war eben überall. Auch harmlose Gespräche wurden notiert und weitergeleitet. Meinen Bruder störte das jedoch nicht. Geheimnisse kannte er ohnehin nicht und letzten Endes hatte er nur Vorteile. Er wurde auf dieser Fahrt kaum kontrolliert und freundlich behandelt, aber die Botschaft war angekommen. „Wir wissen alles!"

Vom Sonnendunst zum Transport im Dunkeln

Halle an der Saale war das vornehmliche Ziel unserer Tagesfahrt. Es war ein warmer Sommertag. Die Gassen zwischen Marktplatz und Dom waren noch voll von malerisch windschiefen Fachwerkhäusern. Den gotischen Dom mit seinen merkwürdigen Renaissance-Rundgiebeln im Rücken, schauten wir über schüttere Ziegeldächer und brennnesselüberwucherte Brachflächen auf die Wahrzeichen der im Zweiten Weltkrieg kaum zerstörten alten Stadt: die vier Türme der imposanten Marktkirche sowie der Rote Turm, noch immer seines filigranen gotischen Turmhelms beraubt, hoben sich schemenhaft aus dem Sonnendunst.

Merkwürdig, es war doch schon Mittag, und noch immer schien die Altstadt weitgehend in Morgennebel gehüllt. – Allmählich verflüchtigte sich der Dunst; die Atmosphäre wurde zunehmend klarer. Wie vor einigen Wochen, als wir die Händelstadt schon einmal besucht hatten. Und diesmal wurde uns die Ursache für das seltsame Phänomen deutlich, denn wir *rochen* die Stadt. Nicht nur ihre Rosen und Trabiabgase nahmen wir wahr, sondern vor allem einen spezifischen Geruch, ja fast einen Geschmack, wie wir ihn nicht von Berlin her kannten. Er rührte von den chemischen Leuna-Werken her, die nur etwa fünfzehn Kilometer vom Hallenser Stadtzentrum entfernt lagen. Wenig romantische Nebel also brachten den eigenartigen Geruch mit sich – und sie töteten die alten Häuser.

Vom turmreichen Marktplatz geht eine Gasse mit dem schönen Namen „Kühler Brunnen" ab. Als ich hineinschaute, erinnerte ich mich ad hoc an eine damals wenige Jahre zurückliegende Situation. Ich saß mit einem Freund im Auto. Vor uns tauchte ein Trabi in die schmale Gasse ein, vom Marktplatz kommend. – Aha, dachten wir, man kann also durchfahren! Wir folgten mit unserem Mittelklassewagen der blauen Auspuffwolke. Erkannten bald ein Problem. Spürten, dass die hohen Bordsteinkanten unseren Rädern von beiden Seiten immer näher kamen. Nach vierzig Metern war die Fahrt beendet: wir steckten fest – jedenfalls immerhin so, dass uns keine andere Wahl blieb, als rückwärts, selbstverständlich in gemäßigtem Schneckentempo, den gerade verlassenen weiten Platz zu erreichen. Der „Kühle Brunnen" war eine Einbahnstraße. Natürlich! Zwei junge West-Berliner auf DDR-Terrain; oje, das geht ans Portemonnaie! Wir hatten Glück; unser Vergehen wurde offenbar nicht von der staatlichen Aufsicht entdeckt.

Schmunzelnd erwachte ich aus dem kurzen Erinnerungstraum. Noch den Geruch der Chemiewerke spürend, verließen wir die

Stadt. Da es Sommer war und erst spät dunkel wurde, verließen wir die auf Berlin zuführende Autobahn, um auch Dessau noch zu besuchen. Wir suchten eine Altstadt, die es nicht mehr gab. Vereinzelte Häuser aus früheren Jahrhunderten, die zumeist in marodem Zustand waren. Überall wesenlose Plattenbauquader. Schmerzlich-schön die gotische Ruine der Marienkirche. In ihrer Nähe war noch ein Flügel des ehemaligen Renaissance-Residenzschlosses verblieben, der Johannbau; ebenfalls ruinös, merkwürdig unwirklich erscheinend im Abenddämmer und durch seine Lage am Rande der ehemaligen Altstadt, die sich nach Osten hin scheinbar in eine wildkrautüberwucherte Ebene verwandelt hatte, die zum Teil sumpfigen Mulde-Wiesen. Wir durchfuhren die sie durchquerende Straße, um somit unsere Rückreise nach Berlin fortzusetzen. Noch einmal wandte ich mich um nach der nur noch schemenhaft wahrnehmbaren geschundenen Stadt.

Und in mir sang plötzlich der vor wenigen Stunden verlassene große Hallenser, sang Händel seine betörende Arie „Lascia ch'io pianga".

Als wir die Autobahnauffahrt Dessau-Ost passierten, war es bereits vollkommen dunkel. Wohlig-müde und erfüllt von beeindruckenden Erlebnissen und Impressionen, näherten wir uns der Berliner Stadtgrenze.

Kontrollpunkt Drewitz. Fast geschafft! Die Berliner Nestwärme war schon zu spüren.

Unsere Reiseunterlagen wurden gesichtet, auch unsere behelfsmäßigen Personalausweise.

Alles in Ordnung. Den behutsam abgesenkten Fuß bereits auf dem Gaspedal, hob ich ihn wieder ab, da uns ein Vopo ansprach: „Dieser Herr hier muss nach West-Berlin; könnten Sie ihn mitnehmen?" Der Grenzpolizist fragte durchaus freundlich, – dennoch war die Situation merkwürdig und leicht unheimlich. Wer war dieser Mann und warum war er ohne Fahrzeug? Wir zeigten uns, trotz aller Skepsis, bereit, ihn in unser Auto steigen zu lassen. Langsam, wie es angeordnet war, rollten wir auf den zweiten, den West-Berliner Kontrollpunkt Dreilinden zu. Sehr redselig war unser Fahrgast auf der Rückbank nicht; jedoch gab er Auskunft, als wir ihn fragten, warum er denn vermeintlich zu Fuß an der DDR-Kontrollstelle war. „Mein Wagen hat einen Defekt, so dass ich ihn vorerst in der DDR zurücklassen muss", antwortete der Fremde aus dem Dunkel. Der nun Autolose fasste sich kurz, vielleicht, weil er vor lauter Besorgnis erschöpft war. Vielleicht auch, weil er ein Geheimnis hütete. Hatten wir ungewollt einen Stasi-Mitarbeiter in den Westen der Stadt eingeschleust?

Wohin er denn wolle, fragten wir den Namenlosen bald während unserer gemeinsamen Fahrt durch das spätabendliche Berlin in Richtung Innenstadt. „Ein U-Bahnhof wäre gut", sprach der Ermüdete. Immer geradeaus fahrend, erreichten wir nach wenigen Kilometern einen Eingang zur Untergrundbahn, schon aus der Ferne markiert durch den Steglitzer Rathausturm, der uns wie eine Mélange erschien aus einer Bekrönung, die der des Dessauer Rathauses ähnlich war, und einem Backsteingewand, das an den Roten Turm in Halle an der Saale erinnerte. Doch die Berliner Abendluft roch beträchtlich besser als das, was von den Leuna-Werken nach Halle hinüber wehte.

Mondfinsternis im Transit

In den achtziger Jahren machten es sich meine Eltern zur Gewohnheit, im Herbst in die Lüneburger Heide zu reisen, um vom Bauern Kartoffeln zu kaufen. Natürlich kam dafür eine so weite Fahrt nur in Frage, wenn man damit auch einen kurzen Aufenthalt verbinden konnte. Da aber weder Ferien noch Urlaub zur Verfügung standen, musste ein Wochenende genügen.

Im Herbst 1986 leistete ich ein Praktikum zur Vorbereitung auf mein Studium. Urlaub konnte ich nicht nehmen, weshalb mich meine Eltern gleich nach Feierabend, am Freitag, den 17. Oktober, an meinem Arbeitsplatz mit dem Auto abholten. Sofort ging es nach Dreilinden und über die Transitautobahn in Richtung Helmstedt.

Obwohl wir normalerweise zügig die DDR durchquerten, machten wir an diesem Abend eine Ausnahme, denn der Vollmond wanderte in den Schatten der Erde und begann sich kupferrot zu verfärben. Er stand aber im Südosten und war für uns daher nicht sichtbar. Okay, für mich schon, denn ich saß hinten und konnte auch mal durch die Heckscheibe schauen, doch dazu musste ich mich ganz schön verrenken. So steuerte mein Vater manchen Parkplatz an, um mit meiner Mutter und mir dieses Spektakel bewundern zu können.

Es war aber auch gut, dass der Mond für uns nur bei Pausen zu beobachten war. Aus den Fahrzeugen der Gegenrichtung muss er gut zu betrachten gewesen sein, was aber beim Autofahren keine gute Idee ist. Die Folge waren ungewöhnlich viele Unfälle im Gegenverkehr, die wir immer wieder sehen konnten, bis allmählich Nebel zur nächtlichen Dunkelheit hinzukam. Der Mond lenkte nun zwar nicht mehr ab, aber der Verkehrssicherheit half das auch nicht.

Erwähnenswert ist noch, dass auch Martin, mein zweiter Bruder, und seine Frau Sabine uns begleiten wollten. Sie fuhren jedoch im eigenen Wagen und wählten den Weg über die Hamburger Autobahn.

Jedenfalls hatten sie die Absicht.

Zum Erreichen unseres Reiseziels war der Weg relativ egal, allerdings wurden die beiden bereits bei Wittstock vom aufkommenden Nebel überrascht, was zur Folge hatte, dass Martin das Autobahndreieck, an dem er in Richtung Hamburg hätte abbiegen müssen, übersah.

Natürlich war er verpflichtet, dort um jeden Preis abzubiegen. Ein Verlassen der Transitroute war schließlich streng verboten. Dennoch bemerkten er und Sabine seinen Fehler zunächst nicht. Die Namen der Autobahnausfahrten waren beiden unbekannt, aber die

Autobahn nach Hamburg war ja auch noch neu. Wer sollte da die Namen der Anschlussstellen kennen?

Nach etwa 80 Kilometern öffneten ihnen jedoch Wegweiser nach Rostock die Augen. Viel zu nah war diese Hafenstadt inzwischen! Sofort wurde klar, dass sie das Autobahndreieck übersehen haben mussten. Was sollten sie nun tun? Umkehren bis Wittstock? Das war zu weit. An der Grenze hätte man bemerkt, dass sie zu lange unterwegs waren. Wie hätten sie das erklären sollen?

Es gab nur eine Möglichkeit: Die Abkürzung!

Abseits von jeder Transitroute wählten sie die Landstraße über Güstrow und Schwerin nach Hagenow, in der Hoffnung, dass zu spätabendlicher Stunde keine Polizeikontrollen stattfinden würden, denen ein westliches Auto mit Sicherheit auffallen würde. Zeit, die Mondfinsternis zu bewundern, hatten sie dadurch natürlich nicht.

Inzwischen hatten meine Eltern mit mir bereits die DDR verlassen und fuhren durch dichten Nebel über endlose Landstraßen. Für meinen Vater war das purer Stress. Er konnte nur langsam fahren, denn die Sichtweite betrug oft weniger als 50 Meter. Wie wohl Martin mit diesem Wetter zurechtkam? Unsere Eltern begannen sich Sorgen zu machen.

Als wir in unserem Quartier eintrafen, waren er und Sabine noch nicht da. Das schien noch in Ordnung, denn Martin würde wohl langsam und vorsichtig fahren. Allmählich sollten die beiden dann aber doch eintreffen. Es wurde immer später.

Unsere Mutter war in größter Sorge. Sollte ihrem Sohn und dessen Frau etwas passiert sein? Bei Dunkelheit und Nebel in der DDR? Sie hatten ja keine Chance, uns irgendwie zu informieren. Handys gab es noch nicht.

Wir hatten ein Quartier in einem ehemaligen Bauernhof am Ende einer kleinen Straße gemietet und schauten voller Sorge, ob endlich ein Auto kommen würde. Lange blieb es dunkel, bis schließlich ein paar Scheinwerfer das Sträßchen immer heller beleuchteten.

Endlich waren Martin und Sabine unbeschadet eingetroffen und erzählten uns von ihrem Abstecher bis fast nach Rostock und von ihrem Glück, tatsächlich unauffällig und rechtzeitig wieder zur Transitstrecke zurückgelangt zu sein.

Niemandem an der Grenze fiel eine längere Fahrzeit auf, vielleicht hatte man auch Verständnis, weil sich bestimmt viele Reisende Zeit nahmen, die Mondfinsternis zu bewundern.

Das war mein Berlin

Auch wenn wir in West-Berlin stets die Mauer um uns herum wussten und es schwerfiel, sich an sie zu gewöhnen, blieb doch nichts anderes übrig, als mit ihr, mit diesem Schandmal des Ostens, zu leben. Es war ja nicht unsere Schande, sie bewies viel mehr die Unfähigkeit der DDR, für Lebensverhältnisse zu sorgen, die ihre Bewohner *nicht* zur Flucht verleiten würden. Dennoch grenzte sie auch uns West-Berlinern die Bewegungsfreiheit massiv ein.

Überall an der Grenze standen Schilder: „You are leaving the american sector", das Gleiche noch auf Russisch, auf Französisch und etwas kleiner auf Deutsch. „Sie verlassen den amerikanischen Sektor." Direkt dahinter stand sie dann: Die Mauer!

Natürlich konnte es auch der britische oder der französische Sektor sein, der angeblich gleich verlassen werden würde, doch diese Schilder standen unmittelbar vor einer weißen Wand, 3,50 Meter hoch und mit einer tonnenförmigen Krone, damit sich auf keinen Fall jemand daran festhalten könnte, um womöglich hinüber zu klettern.

Wie absurd konnte eine solche Situation sein? Ein Schild kündigte an, dass man gleich einen Stadtteil verlassen würde, doch es war an der jeweiligen Stelle völlig unmöglich! – *Ein*

Schild? – Nein, unzählige Schilder verkünde-
ten es.

Jede Straße, die auf diese Wand zuführte,
wurde durch einen dieser Hinweise abge-
schlossen, egal ob mitten in Berlin oder an der
Stadtgrenze.

Immer wieder dieselbe, im wahrsten Sinne
ausweglose Situation, immer wieder sah man
die Mauer, bis man sie schließlich nicht mehr
sah, bis ihre Existenz aus den eigenen
Gedanken verdrängt war. Man wollte sie nicht
mehr sehen, doch irgendwann stieß man doch
unweigerlich wieder auf sie.

Einige West-Berliner mussten ihren unerträgli-
chen Anblick allerdings jeden Tag ertragen. In
Kreuzberg und Neukölln gab es Häuser, an
denen die dazugehörigen Straßen bereits zum
Ostteil der Stadt gehörten. Ihre Haustüren
führten auf den Gehweg, aber dort, wo am
Bordstein normalerweise Autos parken würden, stand die Mauer, unüberwindbar,
undurchdringlich. Mancherorts wurden Zufahr-
ten entlang der Bürgersteige oder durch Vor-
gärten angelegt, um die Gebäude für Versor-
gungsfahrzeuge erreichbar zu machen.

Welch ein Gefühl muss es gewesen sein,
jeden Tag auf diese Grenzanlagen zu schau-
en? Jeden Tag vor der Haustür die Mauer,
jeden Tag von der eigenen Wohnung auf den
Todesstreifen mit Selbstschussanlagen, Hun-
den und Wachtürmen zu sehen, nachts hell

beleuchtet, mit Wachsoldaten, die einem durch Ferngläser in die Wohnung schauen konnten?

Diese Erfahrung blieb mir zum Glück erspart. Berlin war groß. Nicht so groß wie heute, für uns bestand es ja nur aus dem Westteil, aber groß genug. Innerhalb des Stadtgebietes fanden sich genügend Ausflugsziele in wunderschöner Natur. Die Wälder, die Seen und die Havel boten reichlich Möglichkeiten, am Wochenende ins Grüne zu fahren. Spaziergänge zwischen den Feldern in Lübars oder Gatow konnten genossen werden, auch wenn kaum einsame Wege zu finden waren. Die Mauer blieb dabei verborgen.

Nur bei der Fahrt in den Osten stand sie dann wieder vor einem! Sei es auf dem Weg zur Verwandtschaft oder im Transit. An den Grenzübergängen war sie niemals zu übersehen.

Es gab aber noch einen weiteren Grund zur Grenze zu fahren: Wenn man selbst Besuch bekam, Besuch aus Westdeutschland, dem die absurde Situation Berlins näherzubringen war.

Touristen, die sich im Auto durch die DDR wagten, hatten zwar schon einen Eindruck von den Grenzanlagen bekommen, aber nicht davon, wie eine Stadt derart zerrissen werden konnte. Wer jedoch mit dem Flugzeug kam, und viele trauten sich nicht, mit dem Auto oder dem Zug durch die DDR zu reisen, musste erst recht die Mauer vor Ort erleben.

Da fuhr man dann zum Potsdamer Platz, einem leeren Areal, mit verwilderten Grünflächen, einem merkwürdig einsam auf weiter Flur stehenden Gründerzeithaus, dem Weinhaus Huth, und einem hölzernen Aussichtsturm, der bestiegen wurde, um über das teilende Bauwerk hinwegschauen zu können.

Auf solchen Türmen standen die Touristen mit ihren Gastgebern und Reiseleitern, die zu erklären versuchten, was man sah, aber es selbst nicht begreifen konnten. Unermüdlich beobachteten und fotografierten einen dabei die Grenzsoldaten von den benachbarten Wachttürmen aus. Was taten sie mit all diesen Fotos? Niemand wusste es.

Der Blick fiel auf die Leipziger Straße mit ihrem wenigen Verkehr, auf den Fernsehturm am Alexanderplatz, auf viele Häuser, nicht weit entfernt, doch unerreichbar weit weg.

Weit weg, nichts wie weg, drängte hier stets eine innere Beklommenheit, die solche Orte mit sich brachten. Niemand hielt sich dort gerne auf, zumindest, wenn man kein Tourist war. Gäste schauten dagegen fasziniert auf das Bauwerk, das von seinen Erbauern „antifaschistischer Schutzwall" genannt wurde. Sie taten so, als müsste sich die DDR vor faschistischem Einfluss aus dem Westen schützen, dabei konnte man aus dem Westen durchaus in die DDR reisen, nur umgekehrt ging es nicht.

Schon als kleines Kind erlebte ich, wie wir Verwandte in der DDR besuchten, diese aber nicht zu uns kommen konnten. Wer war also eingesperrt? Wen hinderte dieses sogenannte Bollwerk am Überqueren der Grenze? Wenn sie tatsächlich Faschisten daran hindern sollte, hätten diese aus der DDR kommen müssen!

Normalerweise sah der Durchschnittsberliner die Mauer jedoch so gut wie nie. Selbst dort, wo eine Straße in ihrer Nähe verlief, leuchtete diese Wand nicht strahlend weiß, sondern wurde hinter Büschen und Bäumen verborgen. In der Innenstadt war sie dagegen meist bunt bemalt. Die aufkommende Graffiti-Szene hatte ihr Übungsobjekt.

Auf alltäglichen Wegen blieb die Mauer unsichtbar, zumindest wenn man nicht gerade nach Steinstücken fuhr. Hier stand die Mauer, frisch weiß gestrichen, unmittelbar neben der Straße und das auch noch auf beiden Seiten!

Um diese einstige Exklave Berlins besser erreichbar zu machen, kaufte der Senat 1972 der DDR einen zwanzig Meter breiten Streifen Land ab, um eine Straße dorthin zu führen.

Zuvor war Steinstücken komplett isoliert. Nur Anwohner kamen streng kontrolliert hinein, indem sie ab Kohlhasenbrück auf einem Waldweg durch das Grenzgebiet geführt wurden. Der in Steinstücken liegende Stützpunkt der Amerikaner wurde jedoch ausschließlich mit Hubschraubern versorgt. Dazu wurde extra ein Landeplatz eingerichtet, über den auch Flüchtlinge ausgeflogen wurden.

Als die Verbindung nach Steinstücken fertig war, führte eine Buslinie dorthin, mit der meine Großmutter einmal einen Ausflug mit mir unternahm. Wir fuhren mit dem 18er bis zur Endstation und gleich wieder zurück. Es war schon bedrückend, von allen Seiten so eng eingemauert zu sein, aber es war die einzige Möglichkeit, die einstige Exklave mit der Inselwelt West-Berlins zu verbinden.

Kaum waren wir wieder in Kohlhasenbrück und fuhren durch den Düppeler Forst, verschwand die Grenze aus den Augen und wir konnten uns wieder unserer Freiheit bewusst werden.

An anderen Stellen war die Grenze wesentlich unauffälliger, vor allem im Wasser der Havel. Meine Großmutter nahm mich auf viele Ausflüge mit; so erinnere ich mich auch an Dampferfahrten zur Glienicker Brücke. Die Schiffe mussten vor Nikolskoe und Moorlake relativ nah am Ufer fahren, weil in der Mitte des Wassers weiße Bojen mit der Aufschrift „Sektorengrenze" jene Linie markierten, die auf keinen Fall überquert werden durfte.

Am entfernten Ufer auf Potsdamer Seite, jener östlichen Seite, an der die Sonne unterzugehen pflegte, zog sich das strahlend weiße Band der Mauer hin, wie eine schmale Linie zwischen dem Wasser und einem nicht recht identifizierbaren Hintergrund. Unterbrochen wurde es nur von der Heilandskirche in Sacrow, die wie ein gestrandetes Schiff am Wasser lag und all die Jahre herübergrüßte, unerreichbar im Todesstreifen der Grenze, unerreichbar, egal, von welcher Seite man sich ihr auch genähert hätte.

Weit weg schien hier die Mauer, doch sie war da. Sie war sichtbar und viel zu nah. Erst viel später war sie wirklich weit genug weg, weit genug, um nicht mehr an sie zu denken, weit genug in der Erinnerung versunken.

Ein unglaublicher Fall

Als Kind stellte ich gern meine hölzernen Dominosteine vertikal aufgerichtet mit dichtem Abstand hintereinander auf. Schon ein hauchzarter Stoß gegen einen der beiden Schlusssteine genügte, um die ganze Klapperschlange rasselnd flachzulegen.

Als eine rohgraue Riesenschlange ließ sich im Sommer 1961 eine Mauer auf Berlin nieder, auf die große Stadt, deren schwere Kriegswunden gerade einigermaßen verheilt schienen. Sie legte sich quer über die Stadt, unverrückbar, als hätte sie hunderte schwergewichtiger Elefanten, vielleicht aus dem schmalen Büchlein des „Petit Prince" gesogen, verspeist. Und ihre Dreistigkeit ging so weit, dass das ungeliebte Reptil sich selbst in den Schwanz biss, indem es ganz West-Berlin umschloss.

Das klingt nach Märchen, war aber nie eins. Hunderttausende, ach Millionen, sicherlich die allermeisten unter den Deutschen in Ost und West litten unter der Existenz der hohen, scharf bewachten Mauer. Man arrangierte sich mit ihr; was blieb einem sonst, als dies zu tun? Sie diente offiziell als „antifaschistischer Schutzwall"; das jedenfalls versuchten die Machthabenden in der DDR ihren Bürgern einzusuggerieren. Doch ziemlich jeder wusste, dass sie das kalte und unerbittliche Auffangnetz bedeutete, mit dem man Massenflucht verhinderte. Für fast alle Bundesdeutschen und in West-Berlin Lebenden öffnete die Mauer mehr und mehr ihre Pforten, wenngleich oft mit Unannehmlichkeiten verbunden. Für die große Mehrheit der Ost-Berliner und der anderen Ostdeutschen schien sie unüberwindlich. Sie sah von Ost-Berlin her oder vom Brandenburger Terrain aus betrachtet immer gleich abweisend aus, und sie sollte ja auch abweisen. Sie zeigte, da der Zahn der Zeit auch an ihr nagte, ein gar immer hässlicheres Gesicht.

Von der West-Berliner Seite her war das anders. Jeder konnte und durfte sie ja berühren. Und es wurde auch toleriert, dass man die Mauer optisch verwandelte. Hässlich war sie ohnehin – und so war jeglicher grafische Eingriff erlaubt und vermutlich insgeheim willkommen. Sie wurde immer bunter, immer vielfältiger in Form und Inhalt der auf sie projizierten Botschaften. So war sie ein unerschöpflich ausgedehnter Bildträger für Graffiti-Künstler und schien auch manch eine Liebesbotschaft zu verewigen. Und so ging es über achtundzwanzig Jahre weiter. – Doch es bewegte sich etwas im Ostblock. Die Anfang der Achtziger Jahre ins Leben gerufene Solidarność-Bewegung erschütterte nicht nur das gesamte kommunistische Polen, sondern ließ auch die Berliner Mauer im Laufe der Jahre zunehmend bröseln. Aber trotz wachsender Hoffnungen auf ihren Fall, schien die Berliner Mauer dem Großteil der Menschen in Ost und West noch auf unbestimmte, doch auf jeden Fall lange Zeit stabil.

Und dennoch geriet die Mauer ins Schwanken – hundertfünfzig Kilometer von der geteilten Metropole entfernt. Wie in Polen, so meldete sich in Leipzig mehr und mehr das Volk zu Wort. Die DDR-Friedensbewegung wuchs sich zunehmend zu Montagsdemonstrationen aus, an denen viele Tausende couragierter Bürger teilnahmen. Leipzig galt vielen Ostdeutschen als Heldenstadt. Und unter die sie durchschwebenden Tauben mischte sich der immer deutlichere Konturen annehmende Bundesadler.

Ab September 1989 fanden die Protestdemonstrationen regelmäßig statt. Zehntausende gingen auf die Straße, um einen freiheitlichen Wandel des längst verkrusteten Regimes einzufordern. Wie schmetternde Bachfanfaren hallte es durch die Straßen der alten Handelsstadt. Sie war zum Ort vorbildlichen Handelns geworden. „Wir sind das Volk!", klang es wuchtig bis in die Träume und auch bis in die Alpträume derer, die das System bewahren wollten. Die Worte, die US-Präsident Reagan bereits im Juni 1987 Michail Gorbatschow durchs Brandenburger Tor entgegen rief, „Tear down this wall!", schwangen nun fortissimo im Chor der ostdeutschen Freiheitskämpfer mit.

Am 9. November 1989, es war ein Donnerstag, schaute ich, zusammen mit meiner damaligen Frau, um 20 Uhr die Tagesschau an. Gleich zu Beginn kam der Knaller: DDR-Regierungssprecher Schabowski hatte kurz zuvor verkündet, ab sofort sei es jedem DDR-Bürger ermöglicht, über alle Grenzübergänge ins Bundesgebiet und auch nach West-Berlin einzureisen. – Wie?? Nochmal bitte! Das kann nich' sein! Häh?!!? – Der Fernseher wurde zum magischen Objekt. Zweifel. Aber die Nachrichten verdichteten sich, bestätigten immer wieder die unglaubliche Botschaft.

Das hieße ja, die Mauer öffnete sich. Sie würde ihre eigentliche Funktion verlieren. Wurde überflüssig. Würde fallen. Fallen?!? – Was für ein besonderer Moment! Hoch spannend wie rätselhaft. – „Komm", rief ich freudig-erregt aus, „komm, lass uns zum Brandenburger Tor fahren, jetzt, sofort!" Die Dackel weinten, ich nicht.

Eine lange nicht erlebte Euphorie trug uns in den novemberkalten Wagen und der unsere erwärmten Seelen Richtung Tiergarten. Bald wurde uns bewusst: wir brauchen länger, viel länger als sonst, um zu unserem Ziel zu gelangen. Als wir kurz vorm Tiergarten waren, kamen wir nur noch in Schrittgeschwindigkeit voran, was uns signalisierte, das wohl auch andere unsere Idee teilten. Selbst wenn wir irgendwann das Brandenburger Tor erreichten, wo sollten wir dort den Wagen parken?! Also verließen wir ihn weise bereits in der Hofjägerallee. Hier war er auch vor potentiellen euphorisierten Trommlern sicherer. Wir stiegen also aus und in den sich schwarz vor uns aufbäumenden Tiergarten ein. Der Abend des neunten November war, obwohl überall gefühlte Freudenfeuer loderten, beißend kalt. Dafür waren es dann nur etwa zwei Kilometer, die wir, halb vor Freude, halb vor Kälte bibbernd, durch das Busch- und Baumdickicht zu gehen hatten. Die Kälte trieb uns hurtig voran, vor allem aber die Erwartung. Wir waren nicht die einzigen, die sich dem prominenten Bauwerk näherten. Es wurde immer enger, lauter und bunter.

Plötzlich lag das Brandenburger Tor vor uns, noch durch eine hohe und hässliche Mauer für das Auge halb versperrt und doch offen wie seit langem nicht mehr. Viele Menschen saßen oder standen auf der Mauer, schwebten zwischen Ost und West. Nun wurde nichts mehr auf sie geschrieben oder gemalt, stattdessen begann sie sich zu einem Relief umzuwandeln; eine Erosion von Menschenhand setzte ein und in das Hämmern mischte sich ein vielstimmiges Lachen und Jubeln.

Es gab hier keinen Grenzübergang, und doch wurde die sich anbahnende Wiedervereinigung beider deutscher Völker gerade hier, an diesem symbolträchtigen Ort im Zentrum Berlins, besonders deutlich. Ich empfand ein einziges verbindendes Lächeln in den Gesichtern derjenigen, die sich hier versammelten, unter den Flügeln der Viktoria, deren Quadriga mehr und mehr ins Rollen kam. Der Eiserne Vorhang begann an diesem eiskalten Novemberabend merklich abzuschmelzen.

Aber wohin nun noch?!? – Überall zugleich hätte ich sein wollen an diesem erschütternden Abend, an jedem Punkt der dreiundvierzig Kilometer langen Mauer zwischen Ost- und West-Berlin. Das ging nicht. Also dorthin, wo es viele Ost-Berliner hinzog, zum Boulevard des Westens par excellence: dem Ku'damm! Auch hier ließen wir den Wagen in einiger Entfernung vom eigentlichen Ziel zurück; denn der Kurfürstendamm war längst in voller Breite zu einer quirligen Fußgängerzone geworden, zu einem Ort einer einzigen großen Umarmung von Tausenden, die sich zuvor niemals begegnet waren. Und ich machte mit, nahm glücklich an diesem unglaublichen Spiel teil.

Ich wurde angerempelt, mit der Schulter, versehentlich, von einem Mann, der leicht lallend umgehend um Entschuldigung bat. Ich entschuldigte lächelnd. Dann fragte er mich mit sektseliger Stimme: „Is dit hier der Kudamm?" Er, der offenbar ein Ost-Berliner war, wusste sicherlich, wo er hingeraten war, konnte es jedoch noch immer nicht fassen.

„Ja", antwortete ich ihm lächelnd, „das ist der Kudamm!" – „Dit jibt's doch nich'!", sprach er wie träumend halb zu mir, halb zum Himmel. Und mir liefen die Tränen – und ich glaube, ich umarmte ihn.

Über all den Jubel, all die Freude erhob sich die goldene Ruine der alten Gedächtniskirche, leuchtete warm auf die Berliner aus Pankow und Steglitz, aus Schöneberg, Lichtenberg und Treptow, dokumentierte mit ihrer großen Uhr die große Stunde. Und dann war es nicht mehr auszuhalten: ihre schweren Glocken legten ihren berauschenden Wohlklang über die Menschen, über die dankenden chorischen Gorbi-Rufe, wenn wieder ein Omnibus mit der Werbeaufschrift des altberliner Gorbatschow-Wodkas sich behutsam den Weg durch die riesige Menschenmenge bahnte. Es war nicht mehr auszuhalten – und ich weinte, weinte vor Glück.

Der Mauerfall

Für mich, als 1966 geborener West-Berliner, war die Mauer immer das ganz normale Ende der Stadt gewesen. Ich kannte es nicht anders. Fuhr man aus Berlin heraus, musste man Grenzkontrollen über sich ergehen lassen, und fuhr man wieder zurück, wurde erneut kontrolliert. Im Transit nach Westdeutschland beschränkte sich das meist auf die Papiere, die man mitzuführen hatte, aber wenn man in die DDR einreiste, waren die Grenzer ganz genau.

1989 war ich Student und wohnte bei meinen Eltern. Bereits im Sommer, als große Flüchtlingsströme aus der DDR zunächst über Ungarn nach Österreich drängten, dann die deutsche Botschaft in Prag besetzten und tatsächlich ausreisen durften, und als schließlich die DDR-Bürger bequem durch Tschechien in die Bundesrepublik gelangen konnten, dachte ich mir, dass die Mauer nun eigentlich überflüssig sei. Oder hätte sich die DDR auch nach Polen und Tschechien hin einmauern können? Das konnte ich mir nicht vorstellen. Sicher hat es aber auch solche Überlegungen gegeben.

Am Donnerstag, dem 9. November 1989 besuchte ich wie immer meine Vorlesungen, fuhr nach Hause und bekam von den Ereignissen zunächst gar nichts mit. Die „Öffnung der Mauer" erfolgte ja erst abends und es hatte auch niemand so plötzlich damit gerechnet. Erst am nächsten Morgen erfuhr ich, was geschehen war. Da ich aber wieder Vorlesungen hatte, nahm ich mir noch nicht die Zeit, zur Grenze zu fahren, um mir mit eigenen Augen ein Bild zu verschaffen.

Nachdem die Medien aber fast nur noch über dieses Thema berichteten und bereits am Freitag jede Menge Trabbis und Wartburgs, die typischen Ost-Autos, durch West-Berlin fuhren, wollte ich am Sonnabend auch direkt erleben, was geschehen war.

Es herrschte eine geradezu euphorische Stimmung. Alle waren fröhlich und begeistert über den plötzlich erfolgenden Mauerfall, auf den man 28 Jahre hatte warten müssen.

Am „Tag des Mauerfalls" änderte sich jedoch für uns West-Berliner im Wesentlichen nichts. Am 9. November öffnete sich die Mauer nur für DDR-Bürger. Erst vom 22. Dezember an konnten auch wir, ohne vorher einen Passierschein beantragen zu müssen, in den Osten gelangen.

Dennoch fuhr ich bereits am 11. November zum Grenzübergang Oberbaumbrücke, um zu sehen, was los war. Ich rechnete mir aus, dass es überall in der Stadt Verkehrschaos und Staus geben würde durch die vielen DDR-Bürger, die mit ihren Autos in den Westen kamen und sich überhaupt nicht auskannten. Woher auch? West-Berlin war für sie eine völlig fremde Stadt. Auf Karten, die in der DDR erhältlich waren, erschien West-Berlin als weiße Fläche. Ich beschloss daher, mit der U-Bahn zum Schlesischen Tor zu fahren, was sich als schwieriger herausstellen sollte als gedacht.

Auf der U2, die damals noch zwischen Krumme Lanke und Wittenbergplatz fuhr, ging es noch. Am Wittenbergplatz musste ich dann aber in einen Zug der U1 umsteigen, die von Ruhleben kommend zum Schlesischen Tor führte. Dumm war nur, dass der Bahnsteig am Wittenbergplatz dermaßen mit Menschen überfüllt war, dass man sich kaum bewegen konnte. Obwohl zum Umsteigen nur die andere Bahnsteigseite erreicht werden musste, waren dafür im Gedränge mehrere Minuten erforderlich.

Nachdem ich bereits einen Zug abfahren lassen musste, erreichte ich endlich die andere Bahnsteigkante. Wieder kam ein Zug. Ganz langsam schlich er in den Bahnhof, aus Furcht, jemand könnte aufs Gleis gedrängt werden. Leider hielt er so, dass ich in Höhe einer Kupplung zwischen zwei Wagen stand. Das Erreichen einer Tür war in der Menschenmenge unmöglich. Ich musste auf den nächsten Zug warten.

Es erübrigt sich wohl zu erwähnen, dass die Züge ebenfalls überfüllt waren. Der nächste Zug hielt wieder zu ungünstig, um

einsteigen zu können, aber der darauffol-
gende hielt mit einer Tür genau vor meiner
Nase.

Diese Gelegenheit durfte ich mir nicht entgehen lassen, wenn ich weiterfahren wollte.
Ich drängelte mich, so gut ich konnte, irgendwie zwischen die zusammengequetscht stehenden Fahrgäste.

Der Zug fuhr in jede Station recht langsam
ein, es bot sich überall das gleiche Bild von
Bahnsteigen, deren Fußböden man vor lauter
Menschen nicht sehen konnte.

Später erfuhr ich, dass die U6, die den
Bahnhof Friedrichstraße mit seinem Grenzübergang erreichte, zeitweise wegen Überfül-
lung geschlossen werden musste. Es war
nicht mehr möglich, sicher an die Bahnsteige
heranzufahren.

Am Schlesischen Tor endete mein Zug. Der
Abschnitt zur nächsten Station, der heutigen
Endstation Warschauer Straße, war seit 1961
wegen des Mauerbaus außer Betrieb.

Der Bahnhof Schlesisches Tor, seit 1902 in
Betrieb, war jedoch nie als Endstation vorgesehen. Er besaß unter seinen beiden Seiten-
bahnsteigen nur einen einzigen Ein- und Ausgang. Alle paar Minuten erreichte ein total
überfüllter Zug diese Station, jeweils mal auf
dem einen und mal auf dem anderen Gleis. Er
entlud dann seine menschliche Fracht auf
Bahnsteige, die vom vorigen Zug noch immer
gut gefüllt waren. Es war ein dichtes

Gedränge auf der einzigen Treppe hinunter zum Zwischengeschoss, wo einem die Menschen, die am anderen Bahnsteig ausgestiegen waren, entgegen kamen. Über eine einzige, viel zu schmale Treppe mussten sich nun beide Menschenmengen weiter zum Ausgang hinunter drängen.

Für die Rückfahrt war an ein Einsteigen am Schlesischen Tor nicht zu denken. Gegen den Strom der aussteigenden Massen war es unmöglich, in den Bahnhof hineinzukommen.

Nachdem ich einen Blick auf die Grenzanlagen geworfen hatte, die noch genauso wie immer aussahen, und über die Fußgängermassen aus dem Osten staunte, begab ich mich auf den Heimweg. Zu Fuß ging ich zur U-Bahnstation Görlitzer Bahnhof, dort konnte man unbehindert in die Züge einsteigen.

Auf dem Weg in der Skalitzer Straße kam ich auch an einem Postamt vorbei. Es war gesetzlich geregelt, dass jeder DDR-Bürger, der in den Westen kam, ein Begrüßungsgeld von 100,- DM erhielt. Bisher waren das ja nur wenige Besucher, vor allem Rentner.

Dieses Geld wollten sich nun die 17 Millionen Menschen aus dem Osten nicht entgehen lassen, weshalb die meisten von ihnen noch im selben Jahr nach Berlin kamen. An diesem Postamt, das extra lange geöffnet hatte, standen nun hundert bis zweihundert Leute in einer riesigen Traube vor der Tür.

Am selben Tag bekamen wir noch Besuch. Verwandte aus Ost-Berlin, ein Ehepaar mit Tochter, standen am Nachmittag vor unserer Tür. Natürlich wollten auch sie sich ihre jeweils 100,- DM nicht entgehen lassen.

Das erledigten sie bei einer Bank bei uns in Zehlendorf, weitab von Grenzübergängen. Dort konnten sie sofort hineingehen und wurden schnell bedient. Es war klug, nicht in der Innenstadt das Begrüßungsgeld abzuholen.

Vom Fall der Mauer zu sprechen, war natürlich übertrieben. Sie stand schließlich noch. Nur Grenzübergänge konnten benutzt werden, aber davon gab es schon bald weitere. In den Zeitungen wurden Straßenzüge genannt, die seit 28 Jahren an der Mauer endeten und nun geöffnet werden sollten.

Das war dann auch nach ein paar Tagen für den Ostpreußendamm in Lichterfelde angekündigt, nicht allzu weit von mir entfernt. So fuhr ich dorthin, um zu sehen, wie die Mauerteile von Baggern zur Seite gehoben würden. Leider tat sich jedoch stundenlang nichts, und ich fuhr wieder nach Hause. Am nächsten Tag wurde dort aber tatsächlich ein Übergang eingerichtet, wie auch an zahlreichen anderen Stellen.

Es waren wirklich richtige Grenzübergänge, denn die DDR existierte ja noch und kontrollierte weiterhin die Reisenden.

Als endlich auch West-Berliner problemlos in die DDR einreisen durften, wurde zu Weihnachten 1989 sogar das Brandenburger Tor als Grenzübergang geöffnet.

Sogar in einigen U-Bahnhöfen wurden Übergänge eingerichtet. Als 1961 die Mauer errichtet wurde, schloss man insgesamt 11 U-Bahnhöfe, die weiterhin von den Zügen der West-Berliner BVG durchfahren wurden. Diese Transit-U-Bahnen fuhren von West-Berlin unter Ost-Berlin hindurch, um wieder West-Berlin zu erreichen. Vom Osten aus waren diese Bahnhöfe nicht mehr auffindbar. Ihre Eingänge waren unter Beton verschwunden oder unter unauffälligen Kiosken versteckt. Es muss seltsam ausgesehen haben, wenn eine Gruppe von zwanzig Grenzpolizisten in einem 6 m² großen Kiosk verschwand.

Bereits am 11. November 1989 wurde an der Jannowitzbrücke der erste dieser Bahnhöfe geöffnet und mit einem Grenzkontrollpunkt ausgestattet. Zu Weihnachten folgte auch der Bahnhof Rosenthaler Platz. Voraussetzung dafür waren Zwischengeschosse, in denen man für die Kontrollen ein paar Tische aufstellen konnte.

Die Menschen in der Umgebung haben sich dann verständlicherweise sehr über das Vorhandensein einer U-Bahn gewundert. Die jüngere Generation kannte die Strecken nicht oder nur aus Erzählungen. An die genaue Lage der Stationen konnten sich aber auch viele Ältere nicht mehr erinnern. Unter den Straßen war nur ein geheimnisvolles Grummeln aus der Tiefe zu spüren, wenn alle paar Minuten ein Zug durch den Tunnel fuhr.

Noch Ende 1989 fuhr ich mit einem Schulfreund im Auto nach Potsdam. Das hatte für mich etwas unglaublich Abenteuerliches. Nach einer kurzen Kontrolle in Dreilinden gelangten wir über die Stadtgrenze bis zur Autobahnausfahrt Potsdam-Babelsberg, die damals noch an der Großbeerenstraße lag, und erreichten eine völlig unbekannte Gegend, eine fremde Stadt in so großer Nähe zu unserer Heimat.

Bereits in Babelsberg überraschte uns die Existenz eines Obusses. Ein solches Verkehrsmittel kannte ich bis dahin nur aus Salzburg, und nun gab es so etwas auch fünf Kilometer hinter der Stadtgrenze Berlins.

In Potsdam parkten wir mein Auto und fuhren mit der Straßenbahn zum damaligen Hauptbahnhof, dem heutigen Bahnhof Pirschheide. Das war noch ein Zug, bestehend aus einem Gothaer Gelenkwagen mit zweiachsigem Beiwagen. Für einen Straßenbahnfan wie mich war das ein phantastisches Erlebnis. Bis dahin kannte ich Straßenbahnen nur aus dem Urlaub.

Ich ärgere mich heute noch, dass ich an diesem Tag keinen Fotoapparat mitgenommen hatte. Später gewöhnte ich mir an, nie ohne einen aus dem Haus zu gehen.

Bis dahin fotografierte ich eigentlich nur im Urlaub. Innerhalb West-Berlins konnte ich ja alles immer wieder besuchen. Das dachte ich dann auch über Potsdam. Leider sah ich dort die alten Gothaer Gelenkwagen nie wieder im planmäßigen Einsatz. Sie wurden Anfang 1990 ausgemustert.

Aus Potsdam fuhren wir weiter nach Brandenburg an der Havel, und zwar auf der nördlichen Havelseite. Dabei legten wir einen Stopp in Saaringen ein, wo wir ans Havelufer gingen und die ländliche Idylle mit ihrem morbiden DDR-Charme bewunderten. Alles wirkte etwas heruntergekommen, schmuddelig und improvisiert, aber doch irgendwie funktionstüchtig.

Nur wenige Kilometer weiter erreichten wir die Altstadt Brandenburgs, in der mir sofort die Gleise der 1939 stillgelegten Straßenbahnstrecke zur Mühlentorstraße auffielen. Ich bedauerte für einen Moment, dass ich dort keinen Straßenbahnverkehr mehr erleben würde, nicht ahnend, wie lange diese Gleise schon stillgelegt waren.

Noch innerhalb der Altstadt fanden sich jedoch intakte Gleise mit Oberleitungen und natürlich kam auch gleich ein Drei-Wagen-Zug mit Gothaer Zweiachsern aus der Ritterstraße um die Ecke gebogen. Wir gingen dann zu

Fuß eine Runde durch die Stadt, doch ohne Fotos verblasst die Erinnerung.

In der folgenden Zeit fuhr ich immer wieder nach Potsdam und in die nähere Umgebung. Im Frühling wurde mir immer bewusster, welch ausgedehnte Landschaften mir bisher verborgen geblieben waren. Gleich hinter dem Rand von Berlin-Zehlendorf begann eine unbekannte Welt.

In Potsdam war es schwierig, sich zurechtzufinden. Aus dem Nachlass meines Großvaters besaß ich einen Stadtplan, der mir helfen sollte, denn ein aktueller Plan war nicht zu bekommen. Die wenigen, die es gab, hatten andere West-Berliner schneller gekauft.

Die Stadt hatte sich aber seit dem Druck des Plans, der um 1952 erfolgt sein musste, erheblich verändert. Neue Straßenführungen waren entstanden und Einbahnstraßen und Abbiege-Verbote eingerichtet worden, so dass man sich fürchterlich verirren konnte.

An den Grenzübergängen wurden 1990 bei der Einreise in die Noch-DDR sogenannte Zählkarten verteilt, die man auszufüllen und bei der Ausreise wieder abzugeben hatte.

Einmal wurde ich auf der Fahrt nach Potsdam wieder an der Glienicker Brücke kontrolliert, fast wie in gewohnter althergebrachter Art. Ich musste den Kofferraum meines Autos öffnen.

Nachdem es nun die lang ersehnte Reisefreiheit und weitgehend offene Grenzen gab, wunderte mich das. „Gibt es überhaupt noch irgendwas, was man nicht in die DDR einführen darf?", fragte ich.

„Ja, Rauschgift!", war die Antwort.

Dafür hatte ich zwar Verständnis, war aber auch ziemlich verärgert, dass man mir so etwas zutrauen würde.

Es war damals ausgesprochen billig, in der DDR etwas zu kaufen. Die Preise waren niedrig, die Straßenbahnfahrt kostete 20 Pfennig, und das Ostgeld konnte man sich an Wechselstuben besorgen. In der DDR hielt man zwar am offiziellen Wechselkurs von 1:1 fest, aber im Westen bekam man für eine DM-West bis zu 20 Mark der DDR!

Am 1. Juli 1990 war damit Schluss, denn es kam zur Währungsunion. Das Ostgeld wurde abgeschafft und die D-Mark in der DDR als alleiniges Zahlungsmittel eingeführt.

Das war die Voraussetzung dafür, dass am selben Tag alle Grenzkontrollen entfielen. Alle U-Bahnhöfe an den Transit-Linien wurden geöffnet und der durchgehende S-Bahn-Verkehr zwischen Ost- und West-Berlin wieder eingeführt. In einer schnellen Aktion am Wochenende zuvor wurde am Bahnhof Friedrichstraße eine Weichenverbindung geschaffen, die es ermöglichte, durchgehende Linien zu bilden. Von da an fuhren westliche und östliche Züge abwechselnd über die Stadtbahn.

Auf Grund der Baujahre aus der Vorkriegszeit waren es eigentlich die gleichen Züge, aber unterschiedliche Umbauten und Lackierungen machten sie unterscheidbar.

Am 3. Oktober kam es dann zur endgültigen Wiedervereinigung Deutschlands und zum Ende der DDR, eines Staates, der vierzig Jahre existierte, aber bei den meisten Menschen, die ihn erleben mussten, unbeliebt blieb.

Nostalgie des DDR-Vokabulars

(eine Geschichte nicht allein für Sprach-Grenzgänger)

Es lebte einst in Schrottgorod Evan-James, ein Kosmonaut, der nach dem Besuch der Polytechnischen Oberschule allerdings erst einmal als Schallplattenunterhalter und Stadtbilderklärer seine Alu-Chips verdiente, später als Verkäufer von Untertrikotagen und Nickis.

Im Grundschulalter schwenkte er dermaßen eifrig sein Winkelement, dass er wiederholt zum Training des Fußballvereins „Aktivist Schwarze Pumpe" eingeladen wurde, und auch später zur Jugendweihe nochmals.

Im Spowa stattete er sich derart ansprechend für eine Spartakiade aus, dass ihm sein Vater zur Ergänzung zu Weihnachten seine langbehüteten Igelit-Turnschuhe schenkte, von denen seine Lehrerin so angetan war, dass sie ihre Begeisterung seinen Eltern übers Muttiheft mitteilte.

Apropós Weihnachten! Natürlich lag noch mehr für ihn unter der Fichte: eine Schlagersüßtafel, ein leckerer Schokoladenhohlkörper und Niethosen von der Tante aus Ostwestfalen.

Während die Familie nach der Bescherung mit Hilfe der Ochsenkopfantenne "Das Christ-

kind besucht den Nürnberger Christkindl-
markt" genoss, aßen alle Puffmais und tranken Club-Cola vom Getränkestützpunkt gleich
um die Ecke.

Als Jahresendfigur sorgte die hölzerne Flü-
gelpuppe aus dem Erzgebirge für eine besondere Atmosphäre.

Nostalgie, Nostalgie – heute muss er selbst
für seinen Unterhalt, seine Ernährung sorgen;
deshalb auf auf zum Konsum! – Schon
geschlossen!! – Rasch in die Kaufhalle also!!!

Vor lauter Aufregung vergaß er seinen Ein-
kaufszettel zu Hause. Und nun fragt er sich:
Was brauch' ich denn?!? – Tempolinsen natürlich, eine Doppelpackung Krusta, eine Grilletta
und etwas für die abendliche Fettbemme und,
ach ja!, Dauerbackwaren für die ganze
Woche! – Auf dem Rückweg schnell noch ein
Broiler: ausverkauft!! – Dann also bitte eine
Ketwurst!

Zu Hause angelangt, war er eigentlich reif
für die Poliklinik! Umgehend schlief er ein und
träumte vom Brettsegeln vor einer exotischen
Datsche in der Westkaribik. Am Wochenende
fuhr er mit neuer Fahrerlaubnis und neuem
Trabi aus grauer Plaste in die Hauptstadt der
DDR, also nach Berlin, wo er sich an kilome-
terlangem Straßenbegleitgrün entlang auf das
Zentrum zu bewegte. Im „Gastmahl des Mee-
res" bei der Marienkirche bestellte er sich
einen Saft zum Fischgericht.

Am Alex kannte er einen Laden, der Bück-
ware für ihn bereithielt, so dass er einen
neuen Gliedermaßstab und sogar einen Multi-
boy anschaffen konnte.

In der Musikalienhandlung nebenan freute
er sich über eine Lipsi-Platte, die er seiner
Großtante im Feierabendheim neben dem
Antifaschistischen Schutzwall überreichen
wollte. Dort erfuhr er allerdings, dass seine
Großtante seit einigen Tagen ein Erdmöbel
bewohnte. - Dabei wollte sie doch so gern im
nächsten Sommer mit dem Mumienexpress
verreisen, um auf einer oberbairischen Alm
die RVG-Glocken läuten zu hören, die Glocken der Rauhfutter verzehrenden Großvieh-
einheiten!

Hinweis

Soweit die Erinnerungen von zwei alten West-Berlinern!

In den Erzählungen handelt es sich weitgehend um Selbsterlebtes oder das, was Freunde oder Verwandte erlebten.

Wenngleich wir von der Authentizität alles Dargestellten überzeugt sind, so bergen Erinnerungen stets auch die Gefahr des Irrtums.

Über die Autoren

Der Berliner **Ulrich Conrad**, Jahrgang 1966, begann 2004 mit Veröffentlichungen von Fachartikeln und Büchern über den Schienenverkehr.

Später folgten auch Artikel im Gemeindeblatt seiner Kirchengemeinde.

Ab 2015 besuchte er verschiedene Schreibkurse der Victor-Gollancz-Volkshochschule Steglitz-Zehlendorf, sowie verschiedene Online-Kurse. Inzwischen veröffentlichte er diverse Kurzgeschichten und Novellen.

Ulrich Conrad ist Mitglied der Autorengruppen:
Berliner AutorenGruppe
Die Hofpoeten
Die Schlangenbader
Forum Wort
Romaniacs

Veröffentlichungen von Ulrich Conrad:

Novellen:

Ausgerechnet Jenny!
(ISBN: 978-3-7322-3078-5)

Wie weiter, Jenny?
(ISBN: 978-3-7557-3432-1)

Kurzgeschichten erschienen in:

Fremd! Jede Geschichte hat zwei Seiten
(ISBN: 978-3-95681-136-4)

Naturidentisches Leben
(ISBN: 978-3-7502-5386-5)

Kreative Viecher
(ISBN: 978-3-903296-15-2)

Hundherum Heldenhaft
(ISBN: 978-3-946424-26-0)

Von Höhenflügen und Abstürzen
(ISBN: 978-3-95996-215-5)

Mehr Informationen sind auf der Webseite des Autors unter www.ulrichconrad.de zu finden.

Karl Rodenberg wurde bereits 1952 in seine Berliner Welt geworfen. Im Zentrum der Stadt aufgewachsen, zwischen West-Berliner und Köpenicker Verwandten, fühlte er sich stets als Gesamt-Berliner. Er schrieb bereits als Jugendlicher erste Gedichte, bald darauf auch kurze Prosatexte.

Über etwa dreißig Jahre war er schulpädagogisch tätig, vornehmlich im geisteswissenschaftlichen Bereich.

Karl Rodenberg rezitierte öffentlich Lyrik und Prosa, meist zusammen mit Musikern. 2020 publizierte er einen Lyrikband.

Er ist Mitglied der Berliner Autorengruppen:
Lesesalon (Dahlem)
Die Hofpoeten (Zehlendorf) sowle der
Berliner AutorenGruppe (Grunewald)